dtv

Marek träumt davon, in den Ferien nach Venedig zu fahren. Das hatte seine Mutter ihm versprochen. Obwohl er erst neun Jahre alt ist, weiß er alles über die Stadt. Doch der Sommer 1939 hält andere Überraschungen für ihn bereit: Er muss in Polen bleiben und wird zu seiner Tante Weronika aufs Land geschickt, die dort in einer Jugendstilvilla inmitten eines verwunschenen Gartens lebt. Eines Tages entdeckt Marek im Keller eine Pfütze, die sich rasch ausbreitet. Kein Zweifel, eine Thermalquelle! Seine Lieblingstante Barbara greift diese Idee begeistert auf. Während draußen vom strahlend blauen Himmel die ersten Bomben fallen, taucht Marek ein in eine Phantasiewelt, ohne zu ahnen, dass sie das Ende seiner Kindheit bedeutet.

Włodzimierz Odojewski, geboren 1930 in Posen, studierte Wirtschaft und Soziologie. Er ist Autor zahlreicher Romane, Erzählungen und Hörspiele. 1971 emigrierte er zunächst nach Paris und siedelte dann nach München über, wo er neben seiner schriftstellerischen Arbeit als Radiojournalist für Radio Free Europe tätig war. 1989 kehrte er erstmals wieder nach Polen zurück. Heute lebt er in Warschau und in München.

Włodzimierz Odojewski

Ein Sommer in Venedig

Roman

Aus dem Polnischen
von Barbara Schaefer

Deutscher Taschenbuch Verlag

Ausführliche Informationen über unsere Autoren und Bücher finden Sie auf unserer Website www.dtv.de

2011 Deutscher Taschenbuch Verlag GmbH & Co. KG, München

Die Originalausgabe erschien 2000 unter dem Titel ›Sezon w Wenecji‹ in dem Band ›Jedźmy, wracajmy i inne opowidania‹ beim Verlag Twój STYL in Warschau.
Umschlagkonzept: Balk & Brumshagen
Umschlagfoto: ›Rémi hört Meeresrauschen in einer Muschel‹ (1995) von Édouard Boubat (laif/Rapho/Top)
Satz: Uwe Steffen, München
Druck und Bindung: Druckerei C. H. Beck, Nördlingen
Gedruckt auf säurefreiem, chlorfrei gebleichtem Papier
Printed in Germany · ISBN 978-3-423-13980-9

Ein Sommer in Venedig

Er überlegt, wann er wohl zum ersten Mal von Venedig gehört hat. Dabei stellt er fest, daß er das nie so genau zu sagen wußte. Heute nicht besser als damals, an dem Tag, an dem er erfuhr, daß er nicht nach Venedig fahren würde, und da war er noch keine zehn Jahre alt. Ihm scheint jedoch, daß die Erwähnung dieser Stadt aus den tiefsten Schichten seiner Kindheit stammt, vielleicht sogar aus der Zeit, als er nicht älter als zwei oder zweieinhalb Jahre war. Seine Familie war damals noch recht wohlhabend, und es kam häufig vor, daß der eine oder andere von ihnen eine Reise an einen Ort unternahm, der gerade in Mode war, oder eine Badekur machte. Mama verbrachte einen Teil jenes Sommers in Venedig, als er, Marek, gerade eineinhalb war und gegen die ebenso unbegreifliche wie grausame Trennung von ihr heftig protestiert haben soll; also beruhigte ihn sein Kindermädchen – deren breites, volles und weiches Gesicht er immer in Erinnerung behalten würde (obgleich schon halb in einen traumartigen Nebel getaucht) –, indem sie ihm Geschichten über die »schwimmende Stadt« erzählte. Er vermutet, daß in jener Zeit, oder kurz darauf, in seiner Phantasie das Bild entstand, das sich aus steinernen Spitzen und Arabesken zusammensetzte, deren silbrigrote Fäden als kunstvolle Verzierungen auf dem Verputz leuchteten, und das wiederum schien Ähnlichkeit zu haben mit den bunten Miniaturen auf den Porzellandöschen, wie sie die Großmutter in einer ihrer Glasvitrinen aufbewahrte: voller Kanäle mit darauf schwimmenden Gondeln und den sich darüber wölbenden Brückenbögen, von denen sich nach Einbruch der Nacht die geflügelten Löwen in die Lüfte schwangen, in Richtung der Piazza San Marco, wo riesige Pferde aus Bronze umhergaloppierten und tagsüber einfach nur Tauben herumspazierten, sicherlich weniger verzaubert als die Pferde, aber ein bißchen doch auch. Wie zum Beweis, daß niemand anderes als das Kindermädchen (sie starb bald darauf an Typhus) dieses Bild in seiner Phantasie zu zeichnen vermochte, nannte er Venedig weiterhin »die schwimmende Stadt« und sagte, genau wie sie, »auf dem Wasser schwimmend«, auch dann noch, als er längst wußte, daß die Stadt keineswegs schwamm und daß man nicht »auf dem Wasser schwimmend« sagt.

Venedig war in seiner Familie »en vogue«, und das schon seit vor dem Ersten Weltkrieg. Bereits als junges Mädchen war Mama nach Venedig gefahren, später war sie dann noch zweimal mit seinem Vater dort, wobei sie auf die zweite Reise Wiktor, Mareks älteren Bruder, mitnahmen. Noch in einer viel früheren, für ihn legendären Zeit war die Großmutter einige Male in Venedig gewesen, allein oder zusammen mit dem Großvater, als eine Reise in die Lagunenstadt fast nur halb so lang dauerte, denn es gab keine Grenzen zu passieren, der Großvater hingegen war noch als Junggeselle drei- oder viermal mit dem Schiff dorthin gefahren, während er seinen Militärdienst bei der kaiserlichen Marine in Triest absolvierte, und nutzte jeden Urlaub oder Feiertag dazu. Auch alle Tanten, die älteren Schwestern von Mama, kannten Venedig fast so gut wie ihre eigene Stadt – sie stiegen immer in einem der zu Hotels umgebauten alten Palazzi an einem der Kanäle ab, zuerst zu ihrer Hochzeitsreise und (im Fall von Tante Klaudyna) nach der Geburt ihres Kindes, später dann einfach so. Eine Ausnahme war Tante Barbara, die Ärmste in der Familie, woher sicherlich ihr mangelndes Interesse an Auslandsreisen rührte, aber sie machte die Zeit zu Hause damit wett, daß sie Bücher las, unter denen zweifellos auch das eine oder andere Werk über Venedig gewesen sein mußte, denn sie konnte stundenlang wunderbar darüber erzählen. Als daher Mama beschloß, wieder dorthin zu fahren, und versprach, ihn dieses Mal mitzunehmen, betrachtete er ihr Versprechen als eine ihm zustehende Selbstverständlichkeit; Wiktor hatte sich, mit der Unterstützung des Großvaters, in jenem Jahr die Erlaubnis erkämpft, in ein Sommerlager der Pfadfinder zu fahren, Venedig kannte er schon; daß also nun er, Marek, an die Reihe kam, war nur recht und billig.

All das war im Jahr neununddreißig, zu Beginn des Sommers. Er hatte über Venedig schon etliche Bücher gelesen, die er sich von Tante Barbara ausgeliehen hatte, aus Illustrierten hatte er eine Menge Photos ausgeschnitten – vom Canal Grande, vom Dogenpalast, von verschiedenen Brücken, Kanälen, kleinen Gassen, Ansichten von Straßen, Plätzen, Höfen, vom Meer, von Schiffen, die aus der Levante den Hafen ansteuerten, und er klebte die interessantesten in ein eigens dafür angelegtes Album. Er hatte genauestens den Stadtplan studiert und sich die vielen schön klingenden Namen eingeprägt: der Canal Grande mit der Rialtobrücke, San Pietro di Castello, Campanile Torcello, das Haus von Marco Polo beim Campiello del Milion, die Quadriga mit den Pferden aus Bronze auf der Piazza San Marco, der Dogenpalast, der Palazzo Foscari beim Canal Grande, Giardinetto, die Basilica di San Marco, Isola della Giudecca, Isola di San Giorgio Maggiore, Canale delle Galeazze, von wo aus das Boot direkt nach Murano fährt; hält es sich rechts, kommt es an der Isola San Pietro vorbei, dann an der Isola Sant Elena, bis es noch ein Stückchen weiter in den Canal Grande einfährt.

Die Reisevorbereitungen waren schon getroffen, die Koffer gepackt, sogar die Fahrkarten hatte der Vater bereits bestellt: zwei Schlafwagenplätze erster Klasse im »Wagon Lit« des Zugs über Budweis und Wien. Während er, Marek, ungeduldig die Tage zählte, sprach Mama immer seltener über die Abreise, hörte auf, sich auf die geplante Reise zu freuen, ihr Gesicht verfinsterte sich, wenn man sie daran erinnerte, immerzu war sie beschäftigt, in Eile, hatte keine Zeit, bis sie schließlich überhaupt nicht mehr über die Reise sprach, was ihm aber zunächst nicht auffiel.

Es war nämlich so: Seit zwei oder drei Jahren durchlebten Mama und deren Freundinnen so eine Art patriotisches Fieber – anstatt sich (wie der Großvater scherzhaft sagte) mit nützlicher Hausarbeit und der Erziehung der Kinder zu beschäftigen, standen sie mit Blechbüchsen an Straßenkreuzungen oder vor Kirchen und sammelten Spenden für die verschiedensten Zwecke, oder sie verkauften sonntags an Ständen unter freiem Himmel Bücher und irgendwelche Traktätchen. Er bekam Mama also selten zu Gesicht. In jenem Jahr nahm das »patriotische Fieber«, wie der Großvater diese hektische Betriebsamkeit zu nennen pflegte, noch zu: Mama widmete sich einige Stunden täglich dem »Weißen Kreuz«, indem sie Soldaten, die weder lesen noch schreiben konnten, das Alphabet beibrachte, während ihre Schwester, Tante Klaudyna, in der Stadt keinen Faschingsball, kein Gartenfest, und was es sonst noch gab, ausließ; der Erlös dieser Veranstaltungen kam dem »Bund der Flugabwehr«, dem »Volkshochschulverein«, dem Ausbau der Flotte oder auch der »See- und Überseeliga« zugute. Er wäre jedoch nicht auf die Idee gekommen, daß die eigentümliche Gewohnheit, die diese Damen in letzter Zeit angenommen hatten, die versprochene Ferienreise hätte gefährden können, und selbst in seinen schlimmsten Träumen hätte er sich nicht vorstellen können, daß die Erwachsenen so leicht ihre Versprechen zurückziehen würden. Folglich trafen ihn Mamas Worte wie ein Blitz aus heiterem Himmel, als sie nämlich sagte, sie würden wahrscheinlich die Auslandsreise auf später verschieben, denn sie habe sich verpflichtet, eine Reihe von Vorträgen für ihre Schützlinge zu schreiben, und es finde noch eine wichtige Straßensammlung statt, an der sie sich beteiligen müsse. Obwohl das keine endgültige Entscheidung war und er immer noch nicht daran glauben wollte, lebte er in zunehmender Angst; in den Worten der Eltern lag zuviel Unausgesprochenes, und als Wiktor ins Pfadfinderlager fuhr, machte Mama ihm alle möglichen unverständlichen Schwierigkeiten: daß er dies und jenes nicht tun dürfe und daß jetzt nicht die Zeit für Indianerspiele sei!

Zu alledem wurde er in der ersten Augustwoche auch noch Zeuge eines merkwürdigen Gesprächs zwischen seinen Eltern, die auf dem Balkon saßen und dort ihren Kaffee tranken. Er stand am Fenster, atmete den heißen Straßenstaub ein, der über den Garten hereinkam, und schwitzte vor Aufregung, da er versuchte, durch das Klingeln der Straßenbahnen hindurch mitzubekommen, worüber sie sprachen; er hörte einige Male das Wort Venedig und noch andere Namen, aber im übrigen war von Dingen die Rede, die er nicht verstand. Dann schien eine Art Unheil verkündender Schatten auf ihn zu fallen, und eine plötzliche Kälte durchdrang ihn, denn sein Vater versuchte, Mama davon zu überzeugen, daß sie einen Fehler begehe, völlig unabhängig von dem Versprechen, das sie dem Jungen gegeben habe, sie selbst habe doch auch Erholung nötig; sie gab ihm zwar recht, bestand aber darauf, gar nicht wegzufahren, denn in solchen Zeiten müsse man im Lande bleiben. »Wenn man die Radioberichte hört und die Zeitungsmeldungen liest, bekommt man es mit der Angst zu tun. Wie kann man da verreisen!« sagte sie, und als er ihr vorschlug, dann halt nach Zoppot zu gehen, sagte sie, das käme überhaupt nicht in Frage, sie habe nicht die Absicht, Klaudynas Anstandsdame zu spielen, und plötzlich, als sie ihn entdeckte, rief sie: »Marek, hör auf zu lauschen!«, und der Vater sagte dann zu ihr: »Du liest und hörst zuviel Unsinn. Die Angst hat große Augen«, und Mama wieder zu ihm, Marek: »Marek, bitte!«, doch er faßte sich plötzlich ein Herz: »Was? Schreiben die da was über Venedig? Ich bin kein Angsthase, Mama«, und sie: »Es hat dich niemand gefragt, was du bist. Misch dich nicht in die Angelegenheiten der Erwachsenen ein«, worauf er, zitternd, mit geballten Fäusten: »Du hast es versprochen!«, und da verlor sie schließlich die Geduld: »Du wirst nun bald zehn, bist fast ein Mann, aber benimmst dich wie ein Kindskopf!«, er jedoch wiederholte immer wieder trotzig, daß er kein Angsthase sei, denn etwas anderes fiel ihm nicht ein, und der Vater sagte, es sei nun genug mit dem Geschrei, sie würden irgendwohin fahren, nach Worochta oder zumindest nach Zaleszczyki, ganz gleich, Ende der Diskussion! Seit Wochen hatte er auf Wolken der Euphorie geschwebt, von denen aus er jeden Tag die von Längs- und Querkanälen durchzogene Stadt betrachtet hatte, deren Bild ihm von Tag zu Tag vertrauter und deutlicher wurde und das sich durch ständig neue phantastische Besonderheiten vervollständigte, bis ihn plötzlich einige wenige Worte der Eltern in einen Abgrund tiefster Verzweiflung und Enttäuschung stürzten.

Sie fuhren aber noch nicht einmal nach Worochta oder Zaleszczyki, denn am nächsten Tag erhielt sein Vater mit der Morgenpost den Stellungsbefehl; er hatte sich innerhalb von vierundzwanzig Stunden an dem Ort einzufinden, wo sein Regiment stationiert war, und vor der Abreise schlug er Mama vor, sie solle zusammen mit ihm, Marek, nach P. fahren, das sei dort in der Nähe, außerdem ruhig, und er würde jeden Sonntag für ein paar Stunden bei ihnen vorbeischauen. Obwohl Mama zunächst energisch widersprach mit der Begründung, Tante Klaudyna sei imstande, nach Zoppot auch noch in P. »aufzukreuzen« – und dann wäre es vorbei mit der Ruhe und Erholung, mit dieser Verrückten, und Weronika sei auch nicht viel besser, nichts als dummes Zeug, das sie bei jeder Gelegenheit von sich gebe, und zu seinem Vater, was er sich überhaupt denke, sie dorthin zu schicken – als ginge es um Alaska oder die Antarktis –, worauf er meinte, sie solle nicht so übertreiben, das seien doch ihre eigenen Schwestern, aber er mußte es noch etwas energischer wiederholen, und erst dann sagte Mama angestrengt, schon gut, also nach P., und zu ihm, Marek, voller Zweifel in der Stimme: »Was meinst du? Sollen wir zu Tante Weronika fahren?«, als ob seine Meinung ausschlaggebend wäre für ihre Entscheidung, irgendwohin in die Nähe zu fahren, aber er dachte ständig nur an das ihm widerfahrene Unrecht und schwieg trotzig und beleidigt. Dann sagte sie seufzend: »Nun gut, zu Weronika ist es wirklich nicht weit.« Aber es muß für sie eine Entscheidung aus Verzweiflung gewesen sein, denn sie hielt Tante Weronika für noch verrückter als Tante Klaudyna.

In Uniform und mit einer kleinen Reisetasche in der Hand stieg sein Vater am nächsten Tag in den Zug Richtung Norden, während er, Marek, und Mama inmitten der Wartenden auf dem gegenüberliegenden Bahnsteig vor dem schon bereitstehenden Zug, der in einigen Minuten in die entgegengesetzte Richtung abfahren sollte, noch einen Augenblick die Taschentücher schwenkten, bis das Gesicht seines Vaters – ohne Lächeln an jenem Tag, so ernst und besorgt, daß er sich schon fragte, ob das nicht wegen seines trotzigen Schweigens und seiner beleidigten Miene war (war es aber nicht) –, sich hinter der Fensterscheibe zu einem weißen Fleck verkleinert hatte, um schließlich in der Ferne zu verblassen. Dann stiegen auch sie in den Zug, und als er Mamas finsteres Gesicht sah, war er überzeugt, es habe immer noch mit dem unvermeidlichen Zusammentreffen mit einer ihrer Schwestern oder vielleicht sogar mit allen gleichzeitig zu tun (aber auch das war es nicht), und jener Moment war es sicherlich, in dem er begann, sich innerlich darauf einzustellen, eine andere Art von Ferien zu verbringen, als er sie sich erträumt hatte. Um so mehr als ihm die Worte von Mama oder von Papa einfielen, daß gegen Ende des Sommers Tante Klaudyna dazu imstande sei, nach P. zu kommen; wenn das jedoch bedeutete, daß sie tatsächlich kam, dann bestimmt mit Karolina, ihrer Tochter, und Karolina himmelte er an.

Wenn nicht diese gemeine und schmerzhafte Enttäuschung mit Venedig gewesen wäre, hätte er sich vielleicht sogar auf die Reise nach P. gefreut. Er mochte nämlich Tante Weronika, auch P. und noch mehr dieses Anwesen in einem Vorort von P., das Tante Weronika von der verstorbenen Mutter ihres im Krieg gegen die Bolschewiken gefallenen Mannes geerbt hatte; das Anwesen bestand aus einem großen Garten und einer Jugendstilvilla, voller geheimer Schlupfwinkel, Dachböden, Keller und wunderlicher Orte. In P. war er schon oft gewesen, immer kam er von dort ganz erfüllt zurück, an Erfahrungen reicher, die er nirgendwo sonst hätte machen können, und außerdem verstand er sich mit Tante Weronika so gut wie mit niemand anderem, außer vielleicht mit Tante Barbara, und selbst wenn Tante Weronika nicht so viel Zeit für ihn hatte wie Tante Barbara, fand er alles, was sie tat und sagte, richtig.

Früher, als Tante Weronika noch viel jünger war und ihre Lebenseinstellung sich durch einen praktischen Realitätssinn auszeichnete, wie sein Vater zu sagen pflegte, wollte sie die Villa zu einer Ferienpension für Damen der Gesellschaft mit ihren Kindern umbauen; deshalb wurde jedes Zimmer mit einer elektrischen Klingel ausgestattet, zu jedem zweiten gehörte ein nie fertiggestelltes Bad, und in fast jedem standen ein oder zwei Betten; aber dann entdeckte sie plötzlich ihre Leidenschaft für den Obstanbau, überlegte es sich anders und eröffnete keine Pension, obwohl die Villa sich von ihrer Lage her bestens dazu geeignet hätte: auf der einen Seite mit Blick auf den San und auf der anderen auf die Hügel in der Ferne; direkt hinter dem Blumen- und Obstgarten erstreckte sich eine Wiese mit Gras, so hoch, daß es einem erwachsenen Mann bis zur Hüfte reichte, und noch etwas weiter ein Haferfeld, in dem sich im Sommer goldgesprenkelte Wachteln tummelten und eine Hamsterfamilie hauste. Die Wiese und das Haferfeld waren das Reich der Tante; die Wiese, weil die Tante der Meinung war, das sei »Gesundheit pur« und wegen der Blumen für die Bienen, die (die Bienen, nicht die Blumen) eine weitere ihrer Leidenschaften waren, und der Hafer, weil es auf dem an die Villa grenzenden Gut zwei kleine Pferde gab, die der alte Seweryn, gleichzeitig Hausmeister und Gärtner, für seine Arbeit im Obstgarten brauchte.

Die Tante führte ein – wie sie es selbst nannte – »hygienisches Leben«, und das stimmte auch, ungeachtet dessen, was seine, Mareks, Eltern, sagten. Vom Frühjahr bis zum Herbst ging sie jeden Morgen bis zum Ende des Obstgartens, wo eine kleine Laube stand, entkleidete sich und lief, »wie der Herrgott sie erschaffen hat«, gemäß den Empfehlungen des Doktor Kneipp, eine halbe Stunde lang über die Wiese durch das taufrische hohe Gras und das Unkraut. Danach trieb sie auch noch systematisch englische Gymnastik.

Was das Im-Gras-Herumlaufen »wie der Herrgott sie erschaffen hat« betraf, so begriff er erst später, daß das »nackt« bedeutete, aber die nackte Tante Weronika bekam er nie zu Gesicht; sie war nicht groß, also bewegten sich nur ihr Kopf mit der Haube aus rotem Wachstuch, das vor Kälte gerötete Gesicht und auch die geröteten Schultern über dem wogenden Gras hin und her, als er einmal nach Allerheiligen auf den Zaun geklettert war, um sie heimlich zu beobachten. Aber den Ruf, verrückt zu sein, verdankte sie vor allem ihren Wanderungen bei Vollmond und dem Sammeln von Heilkräutern, und auch der Tatsache, daß sie eine Anhängerin der Lehren von Paracelsus war – ob der medizinischen oder der anderen, das wußte er natürlich nicht, aber den Namen Paracelsus kannte er aus der Enzyklopädie von Orgelbrand[1], den hatte er sich gut gemerkt, denn dieser Name hatte einen aufregenden Klang, nicht so wie der Name Kneipp (ganz hundsgewöhnlich!) oder auch Józef Perl (genauso hundsge-

1 Samuel Orgelbrand (1810–1868), polnischer Verleger, Herausgeber der ersten großen polnischsprachigen Enzyklopädie in 18 Bänden. (Alle Fußnoten sind von der Übersetzerin.)

wöhnlich), dieser Prophet aus Tarnopol, mit dessen Lehren sich Tante Weronika ebenfalls beschäftigte und die sie unter den Chassiden der Gegend verbreitete (es war ihm nie gelungen, zu ergründen, worum es ging), was sein Vater mit der bissigen Bemerkung kommentierte, sie wolle die Israeliten missionieren, aber er, Marek, glaubte nicht, daß sie sie zum Christentum bekehren wollte – sein Vater vermochte über die heiligsten Dinge zu spotten, der Großvater hingegen fand, Tante Weronika sei völlig in Ordnung, sie habe lediglich »eine lokkere Hand«, was nichts anderes bedeutete, als daß ihr das Geld zwischen den Fingern zerrann. Aber muß denn jemand, dem das Geld zwischen den Fingern zerrinnt, gleich verrückt sein? Selbst wenn man das Nackt-in-der-Wiese-Herumlaufen, die englische Gymnastik, das Kräutersammeln bei Vollmond und das allzu ausgeprägte Interesse an den verschiedensten Heilslehren noch dazunahm.

Tante Weronika war ganz einfach wunderbar! Seine, Mareks, Meinung teilte im übrigen auch Tante Barbara, die jüngste der Schwestern, die in P. fast jeden Sommer verbrachte, und Tante Barbara war auch wunderbar. Sogar Tante Klaudyna hatte einige Male so etwas in der Art geäußert, obwohl Mama und sein Vater steif und fest behaupteten, daß sie (das heißt Tante Klaudyna) noch wesentlich verrückter sei als Tante Weronika, aber er maß der Meinung von Tante Barbara mehr Bedeutung bei als der von Tante Klaudyna, denn die wiederum hatte, so der Großvater, »eine lockere Hüfte« (diesen Ausdruck enträtselte er nicht so rasch wie den von der »lockeren Hand«, aber er bedeutete zweifellos, daß sie nicht ganz unfehlbar war), hingegen die Meinung seiner Cousine Karolina, der Tochter von Tante Klaudyna, die oft mit ihrer Mutter nach P. kam, teilte er sehr wohl, und Karolina hielt Tante Weronika ganz einfach für einen Engel, nur daß dieser Engel, um seine Umgebung zu täuschen, in einem viel zu weiten Rock und bäurischen Schaftstiefeln herumlief.

Die vertraute Landschaft, die er hinter der Fensterscheibe erblickte, weckte ihn aus seinen Gedanken. Kurz darauf rollte der Zug dumpf über die Sanbrücke, als Mama schon verkündete: »Wir sind da.« Dann erblickte er auf dem Bahnsteig Seweryn, den Hausmeister und Gärtner von Tante Weronika; der begrüßte Mama, nahm die Koffer, und als sie später draußen vor dem Bahnhof auf den von der Tante mitgeschickten zweirädrigen Wagen geladen wurden, hörte er: »Unser kleiner Marek ist ja schon ein richtiger Mann! Mächtig gewachsen in dem Jahr! Nicht wiederzuerkennen!« – diese Bemerkung des Alten, wie ein lang ersehnter Balsam für seine allzu wunde Seele, hätte ihn fast aufgeheitert. Später, nach einer kurzen Fahrt durch die Stadt, sah er Tante Weronika, wie sie ganz hinten in ihrem märchenhaften Garten unter dem breiten Portal der Villa auf sie wartete, mit undurchdringlichem Gesicht, still und doch heiter, und einem geheimnisvoll strahlenden Blick, und da die Tante nie lange nachtragend war, begrüßte sie ihre jüngere Schwester sehr herzlich, doch als sie ihn umarmte (sie wollte ihm wohl gerade schon etwas sagen, er spürte, daß ihn das mit Freude erfüllen würde, ihn vielleicht sogar die Enttäuschungen der letzten Tage für einen Augenblick vergessen lassen würde), und Seweryn, während er die Koffer die Treppe hochtrug, rief: »Gewachsen ist er, unser Junge, ich hab's ja gerade schon gesagt, man sollte ihn zur Kavallerie schicken«, da drückte sie ihn schützend an sich und brach plötzlich in Schluchzen aus. Das war ihm unangenehm, und weil er nichts verstand, guckte er höchst erstaunt.

Es hätte ihn jedoch nachdenklich stimmen müssen, denn er kannte die Tante so gut, sie neigte nicht zu Gefühlsausbrüchen oder zu Stimmungsschwankungen, auch nicht zu unvermittelten Begeisterungsstürmen und schon gar nicht zu Hysterie, er hätte also seiner inneren Stimme vertrauen sollen, die sich zwar nur kurz zu Wort gemeldet hatte, aber dafür recht eindringlich und warnend, so daß er das hätte in Verbindung bringen können mit den vielen merkwürdigen Begebenheiten jenes Sommers: mit Mamas Verzicht auf die Auslandsreise, mit der Einberufung des Vaters zum Regiment, mit dem ganzen rätselhaften Getuschel zu Hause, von dem Wortfetzen sowieso an sein Ohr drangen, auch wenn die Erwachsenen immer in bedeutungsvolles Schweigen verfielen, sobald sie merkten, daß er in der Nähe war; aber es hatte ihn nicht nachdenklich gestimmt, er hatte nichts vorausgeahnt, war blind und taub geblieben. Doch statt die Tante nach dem Grund für ihre Tränen zu fragen, wurde er verlegen und tat so, als würde er sie nicht bemerken, und dann, als er aus der Küche eine Frauenstimme hörte, erkundigte er sich, ob noch jemand nach P. gekommen sei, als sei es in dem Augenblick das Allerwichtigste, daß er Gesellschaft haben würde; im übrigen war es damals für ihn vielleicht wirklich das Allerwichtigste gewesen, denn sofort, als er sich davon überzeugt hatte, daß sie die einzigen Gäste der Tante waren, war die kurze Freude über die Ankunft dahin. Das leere Haus von Tante Weronika war eine weitere Enttäuschung, ihm wurde wehmütig ums Herz, und als er nach dem Mittagessen in dem ebenso leeren Garten herumspazierte (und es deutete nichts darauf hin, daß noch jemand erwartet wurde), begann er sich innerlich auf die allerlangweiligsten Ferien einzustellen, weil er sie in Einsamkeit verbringen würde.

Später lag er drei Stunden oder noch länger auf dem mit einem Huzulen-Kelim abgedeckten Bett in einem der Zimmer im Erdgeschoß und studierte so intensiv die Illustrierten *Światowid*[2] und *Kino*, bis er die neuesten Glanzleistungen von Shirley Temple, die Erfolge des pfiffigen Detektivs Chang und die letzten Dschungelabenteuer Tarzans fast in- und auswendig kannte. Durch die Ritzen der vor den offenen Fenstern heruntergelassenen Rolläden drangen Lichtstreifen, in denen goldener Staub tanzte, sich brach und sofort in einem dunklen Schattenstreifen verschwand, der nicht einmal den leisesten Hauch von Kühle spüren ließ. Die Luft brachte von draußen den süßen Duft des Obstgartens herein, den Duft der letzten überreifen Weichselkirschen, in deren Zweigen lärmend Stare herumflatterten, den Duft der herben Früchte des Maulbeerbaums, den

2 *Blick in die Welt.*

Duft der schon durch den Saft aufquellenden Birnen und auch einen leichten, teils süßen, teils säuerlichen Geruch von Pferdeschweiß. Wenn er sein Gehör anstrengte, dann schien ihm, er höre draußen in der Hitze das Summen der Bienen und Hummeln. Er las über den jüngsten fabelhaften Flug des Piloten Jerzy Bajan[3] und über die Nervenkrisen der Schauspielerin Joan Crawford und konnte sich gar nicht genug über ihr Unglück wundern, denn sie hatte doch alles: Jugend, Schönheit, Ruhm, Geld, Hunderte von Verehrern, all diese Gaben der großen, weiten Welt nutzte sie leidenschaftlich und rauschhaft aus; weshalb brandmarkte das Schicksal seine Auserwählten so sehr? Dann dachte er über sich nach. Daß er eigentlich lieber in seinem eigenen Zimmer, bei sich zu Hause, gewesen wäre. Und dann, daß seine Freunde Jurek und Roman, die nirgendwohin aufs Land in die Ferien gefahren waren, jetzt mit anderen Schulkameraden auf dem Hof der nunmehr leeren, fest verriegelten Schule Fußball spielten, und er überlegte, welche Mannschaft wohl gewinnen werde. Und dann, daß sie heute sicher noch ins Kino *Tempora* gingen, wo auf einem bunten Plakat vor kurzem die neuesten, sensationel-

3 Polnischer Pilot (1901–1967).

len Abenteuer von *King-Kong* angekündigt worden waren. Und an das auf dem Nachttisch vergessene, zur Hälfte gelesene Buch, in dem Amundsen durch das Eismeer in Richtung Antarktis fuhr, mußte er auch denken. Und er stellte sich den Grund des Ozeans mit seinen unermeßlichen Tiefen vor und die aus ihm bedrohlich emporragenden, aus jahrtausendealtem versteinertem Schnee gemeißelten weißen Berge, denen sich sein Schiff näherte. Und dann, als er an das endlose weiße Land der Eskimos dachte, das silbrige Schneegestöber, das ihre Fellmäntel und Fellmützen mit kalten Schneeflocken bestäubte, an ihre mit Rauhreif bedeckten Gesichter und Augenwimpern, wenn sie auf ihren mit Rentierhäuten ausgelegten Hundeschlitten über die vereiste Ebene jagten, verlor er sich in Gedanken und in den weißen Weiten, bis er selbst von Kälte durchdrungen war, trotz der stickigen Hitze, die im Raum stand wie in einem dicht verschlossenen Einmachglas. Und er fühlte sich noch mehr enttäuscht. Schließlich sprang er vom Bett auf und zerfetzte die beiden Illustrierten, stieß dabei versehentlich mit dem Ellbogen gegen den auf der Kommode stehenden Spiegel, so daß dieser mit einem lauten Klirren zu Boden fiel – und das brachte ihn sofort zur Besinnung. Er starrte fassungslos auf die zerbrochene Silberplatte, spitzte die Ohren, aber ringsum war es still im Haus, niemand hatte den Lärm gehört, und er dachte an die sieben Jahre Unglück, die er durch seine Tat ausgelöst hatte. Nachdem er mit dem Fuß die Spiegelscherben unter die Kommode geschoben hatte, ging er schnell hinaus in den Garten, wobei ihn der Gedanke an das Unglück und daran, daß das Verwischen der Spuren seines Vergehens es nicht abwenden konnte, nicht losließ.

Er machte einen weiten Bogen um Tante Weronika und den alten Seweryn, die unter den Apfelbäumen damit beschäftigt waren, das Obst in Kisten zu legen, und gelangte in den hinteren Teil des Gartens, wo ein üppiger Himbeerstrauch direkt am Heckenzaun des Nachbarn wuchs. Er hob einen auf dem Weg liegenden Stock auf und mähte mit Schwung die Stengel der verblühten Gräser, die flauschigen Gänsedisteln und Kletten ab, um so seine düsteren Gedanken zu vertreiben. In einem der Bäume stand barfuß, die Ärmel bis unter die Achseln hochgekrempelt, mit einem Bein auf der Leiter, mit dem anderen auf einem Ast, ein ihm unbekanntes dunkelhaariges Mädchen, das mit seinen braungebrannten Händen Birnen pflückte und sie vorsichtig in einen Korb legte, der an einem Zweig hing. Er wollte schon an ihr vorbeigehen, ohne sie auch nur eines

Blickes zu würdigen, aber ihre singende, lachende Stimme holte ihn ein und hielt ihn zurück: »Vielleicht könnte der junge Herr ja mithelfen? Es gibt noch so viel zu tun, und bald wird es dunkel, und Regen kommt«, da schaute er in den wolkenlosen Himmel, in die noch immer scheinende, wenn auch schon tiefer stehende Sonne (hoch oben kreiste ein Habicht, und noch weiter oben war der strahlendblaue Himmel, den die Hitze fast zum Schmelzen brachte); und er dachte, das Mädchen mache sich über ihn lustig, und rief ihr beleidigt zu: »Laß mich in Frieden mit deinem jungen Herrn!« und, noch vorwurfsvoller: »Regen will sie! Nur um sich vor der Arbeit zu drücken und tanzen zu gehen.«

Allerdings wußte er nicht, weshalb ihm gerade Tanzen in den Sinn gekommen war, wohl um sie zu ärgern, denn er war im Moment wirklich schlechtgelaunt, ging aber nicht weg, sondern schlug hin und wieder mit dem Stock auf das Gras; das Mädchen brach nun in ein offenes lautes Lachen aus und warf ihm eine weiche, überreife Birne zu. Da machte er eine Bewegung, als wollte er die Leiter hochklettern, um ihr diese Frechheit heimzuzahlen, und sie, als habe sie es geahnt, stieß sich von der Leiter ab, kletterte auf einen noch höheren Ast und schaute herausfordernd nach unten; diesen spöttischen Blick kannte er von irgendwoher, er konnte sich nicht entschließen, was er machen sollte; er sah ihre kräftigen, gebräunten Beine, die unter dem nicht sehr langen Rock hervorschauten, bemerkte die rosafarbenen, kindlich kleinen Fersen, und besorgt darüber, daß sie sich diese an einem knorrigen Ast verletzen könnte, sagte er versöhnlich: »Komm runter, hab keine Angst, ich tu dir nichts«, sie jedoch, indem sie mit ihrem feinen, mädchenhaften, aber auch schon fraulichen Gesicht durch die Zweige zu ihm hinunterblickte, erwiderte: »Was könnte er mir schon tun? Der kleine Angeber. Ich heiße Frosia. Ich bin die neue Aushilfe der Frau Weronika. Und was den Regen betrifft, wie gesagt, es wird einen heftigen Regenguß geben, das wird er schon sehen, der kleine Herr.« Und plötzlich war auch der letzte Rest von Wut verschwunden, um so mehr, als das Mädchen mit gespreizten Beinen auf zwei Ästen stand und er zwischen ihren ebenfalls gebräunten Schenkeln etwas Schwarzes sah, denn sie trug offenbar kein Höschen (er war zwar erst neun, aber schon sehr neugierig, was die Mädchen dort zwischen den Schenkeln haben; er wußte längst, daß es etwas anderes war als das, was er hatte, aber wissen und mit eigenen Augen sehen war nicht dasselbe), und obwohl sie ihm ihre Hand entgegenstreckte, in der sie eine auf der einen Seite gerötete köstliche Birne hielt, die sie ihm nicht zuwarf wie die vorhergehende, sondern verlockend sagte: »Nun komm er schon her und nimm er sie. Nicht mehr böse sein«, schwang er nur noch einmal verlegen den Stock und wiederholte schroff, sie solle zum Teufel gehen, im übrigen war er aber sogleich froh, es so leise gesagt zu haben, daß sie es bestimmt nicht gehört hatte, denn sie schickte ihm ihr heiteres Lachen hinterher, als er sich davonmachte.

Hinter dem Himbeergebüsch bei dem Heckenzaun, wo dunkler Flieder, Ebereschen und Maulbeeren wuchsen, schlug er später zornig und verbissen wieder mit dem Stock auf die Brennnesseln und das Tollkraut ein, und der Anblick des zur Strecke gebrachten Unkrauts, das dalag wie eine Reihe feindlicher Soldaten nach einer Schlacht, bereitete ihm grimmiges Vergnügen. Bis auf der anderen Seite des Zaunes zwischen den Blättern ein Gesicht auftauchte (es war wieder ein Mädchen, diesmal aber jünger als die andere, vielleicht sogar in seinem Alter), das ihn erstaunt anschaute, und er erstarrte, wobei er sich verwirrt fragte, woher hier die vielen Mädchen kamen. Der triumphale Zauber des Sieges war gebrochen, die feindlichen Heere ein für allemal geschlagen, jämmerlich sahen sie aus, dahingestreckt in ihrem grünem Blut, und ihre hilflose Verzweiflung machte ihn erneut wütend, denn er rief der Gestalt hinter dem Zaun zu: »Und du, was suchst du hier!?« – aber anstatt zu antworten, schnitt das mit lustigen, feinen Sommersprossen gesprenkelte Gesicht eine spöttische Grimasse, und das Mädchen streckte ihm ihre rosa Zunge heraus; noch bevor er sich von diesem Eindruck erholen konnte, war sie verschwunden.

Kein Zweig bewegte sich, er hörte nicht einmal ein Geräusch, wie es die Feldmäuse machen, wenn sie im Gebüsch herumflitzen, und bald schien ihm, es sei überhaupt niemand dagewesen, ihm schien, daß diese Hitze heimtückische Trugbilder der Phantasie erzeugte, denn real waren nur die Stimmen von Mama und von Tante Weronika, die auf dem Weg näher kamen; Mama rief ihn von weitem zum Abendessen, da legte er sich auf das grüne Schlachtfeld, um sich zu verstecken, ohne Angst vor den Brennesseln. Als er sich später diesen Moment ins Gedächtnis rief, war er fest davon überzeugt, daß er für den Rest seines Lebens von allen Wesen weiblichen Geschlechts die Nase voll haben würde.

Gegen Abend fing es tatsächlich an zu regnen, was alles noch viel schlimmer machte. Er ahnte nicht, daß das der letzte Regen dieses Sommers war, daß danach Tag für Tag unbarmherzig die Sonne scheinen würde und die Nächte ebenso heiß und schwül sein würden und der gepeinigten Erde keine Erleichterung brächten, und daß dies andauern würde bis in die Zeiten, die in nichts dem glichen, was er gekannt und geliebt hatte, und in denen nichts mehr so sein würde, wie es war. Doch zunächst lag Stille über dem Garten, alles versank in einer flauschig-weichen Dämmerung, die Vögel gaben keinerlei Laut mehr von sich, keine zirpenden und brummenden Insekten, kein Windhauch mehr, bis plötzlich draußen das gleichmäßige Geräusch einzelner schwerer Regentropfen zu hören war; kurz danach goß es bereits in Strömen.

Mama sagte zu Tante Weronika, während sie ihn aufmerksam betrachtete: »Ich weiß nicht, was mit ihm los ist. Er hat solche Ringe unter den Augen, er wird doch nicht krank sein?«, aber die Tante beruhigte sie, daß das von der Reise sei, er werde sich ausschlafen, ab morgen werde er Ziegenmilch trinken, die sei gut für die Lunge und gegen Blutarmut und überhaupt kräftigend, er jedoch schwieg, aß sein Abendbrot ohne Appetit, dann sagte er mißmutig »gute Nacht« zu den beiden Damen (die nun so in ihren lebhaften Gedankenaustausch über eine bestimmte, nicht genannte Art von Erbkrankheit unter den huzulischen Goralen[4] vertieft waren, daß sie nicht einmal bemerkten, wie er zu Bett ging); in seinem Zimmer überlegte er dann, ob er vor dem Einschlafen noch ein wenig lesen oder sich sofort hinlegen solle, er tat das zweite und dachte, er werde bald einschlafen, aber statt dessen hörte er dem Regen zu. Ihm schien, daß irgendwo im Haus immer noch die bedächtigen Frauenstimmen zu vernehmen seien, die das Gespräch vom Abendessen fortsetzten, die Stimmen waren aber keineswegs tröstlich für ihn, noch linderten sie seine Qual, und der Regen nährte zusätzlich noch seine Enttäuschung und seinen Verdruß. Bald wurde es noch dunkler, ganz dunkel, und vor seinem geistigen Auge zogen Gestalten aus Filmen und Büchern vorbei. Und so fuhr er mit dem kleinen Lord Fauntleroy über den Atlantik und träumte von einer großen Freundschaft, die auch in Erfüllung ging, aber von den unbarmherzigen Ozeanwellen verschlungen wurde. Und dann auf Schloß Misselthwaite Manor war der vom Vater verlassene Colin umgeben von fremden, gleichgültigen Menschen, und eingeschlossen in einem dunklen Raum, weinte er über seine Einsamkeit, bis eines Nachts leise die Tür

4 Angehörige der Bergbevölkerung in den Beskiden und der Tatra.

aufging und er im flackernden Schein einer Kerze die weiße Gestalt eines unbekannten Mädchens erblickte, und zuerst dachte er, das sei eine Traumvision, aber es war Mary Lenox, und Mary brachte ihm die Hoffnung auf eine baldige Genesung. Später war dann dieser Rosengarten, den seine Mama einst – vor Colins Geburt – so sehr geliebt hatte, und da war auch Dick aus der Heide mit seinen Tieren, und dann der Vater, der sich aber nicht von ihm losgesagt hatte. Und er dachte daran, daß er früher einmal geglaubt hatte, er könnte glücklich sein, aber daß dies nun vorbei war. Die ihm am nächsten Stehenden hatten ihn enttäuscht. Außer vielleicht Mary, aber auch bei dem, was sie tat, war Berechnung mit im Spiel, alle Ereignisse der sie umgebenden Welt wollte sie nur von der angenehmen Seite sehen, also schrieb sie ihre Wohltaten ihrem eigenen Konto gut. Erschüttert über diese Entdeckung, verließ er das Schloß Misselthwaite Manor und zog durch die weiten mitteleuropäischen Ebenen und Gebirge, bis er in Venedig ankam.

Der Regen prasselte beharrlich auf die Blätter der knarrenden Bäume nieder, tropfte auf die Gartenwege, floß gurgelnd in Strömen vom Dach des Hauses der Tante, rauschte durch die Dachrinne und lief unten in die Tonne, die unter ihrem Abfluß stand.

Wenn er die Augenlider weiter hätte öffnen können, als er es tat, hätte er sicher einen Lichtstrahl gesehen, der ihm vielleicht die Hoffnung zurückgegeben hätte, daß der zerbrochene Spiegel sich wieder ganz machen ließe, und er würde darin sein ihm gut bekanntes eigenes, durch keinerlei Schmerz und Angst verändertes Gesicht sehen, Mama würde ihm ihre warme Hand entgegenstrecken, sie ihm flach auf die Stirn legen und sagen: »Du bist schon fast ein Mann«, woran er nicht glauben wollte und womit er, selbst wenn es wahr gewesen wäre, nichts anzufangen gewußt hätte, also lieber nur einen ganz normalen Satz wie: »Vielleicht sollten wir morgen Krocket spielen?« – und alles wäre gut, verständlich, einfach und beständig wie früher.

Aber er hörte die Stimmen der beiden Frauen im Eßzimmer nicht mehr. Das Haus von Tante Weronika war von der Außenwelt durch eine Regenwand abgeschottet, erfüllt von einer dröhnenden Stille, so daß, wenn er etwas gesagt oder selbst wenn er geschrien hätte, seine Stimme in dieser kellerähnlichen Dunkelheit hohl geklungen und der feuchte Dunst des Luftzugs seine Worte verschluckt hätte. Die Welt war schrecklich, voller verlockender Versprechungen, die sie den Dummköpfen machte, die sie aber ohnehin nicht erfüllte; und bei den wenigen

Malen, die sie es doch tat, erwiesen sich ihre Wohltaten als vergänglich. Warum hatte man ihm den wahren Grund, weshalb die Auslandsreise abgeblasen wurde, verheimlicht? Und ihm gleichzeitig versichert, er sei gewachsen, sei erwachsen geworden, sei fast schon ein Mann und verstehe alles? Was hatte Venedig denn so Bedrohliches, welche Gefahren lauerten dort, vor denen er sich doch gar nicht fürchtete? Ihm schien, als durchquere er Räume auf der Suche nach jemandem, den er danach fragen, den er bitten könne, ihn von hier wegzubringen, er fand aber niemanden. Und er verlor die Hoffnung, jemals auf die andere Seite der Regenwand zu gelangen.

Die Stille des Morgens bestätigte seine nächtlichen Qualen, denn es war niemand gekommen, auf den er sich gefreut hätte. Aber von allen Seiten duftete es verführerisch nach saftigem Grün, von dem der Staub gewaschen worden war, nach Baumrinde, die die Feuchtigkeit aufgesogen hatte, nach gründlich gereinigter Erde, die Farben waren leuchtend, heiter, wie verändert, schienen viel intensiver als gestern, der ganze Garten wirkte viel größer, die Villa der Tante hingegen kleiner, und das klare Blau des Himmels schimmerte durch die Zweige des Walnußbaums, der, von dieser Seite her, der Villa

Schatten spendete; als er weiterging, sah er hinter den Pappeln, die den Garten von der Wiese trennten, die hohen Gräser, die sich während der Nacht gleichsam mit neuem Grün bedeckt hatten, die sich im leichten Wind aufzuschwingen und sich in der Höhe in helle verschwommene Streifen zu verwandeln schienen.

Inmitten der Apfelbäume waren zwei Mädchen zu sehen; die eine, fast schon erwachsen, kannte er bereits, sie hatte gestern gesagt, sie sei »Aushilfe« bei Tante Weronika und heiße Frosia; die andere, viel jünger, das Profil ihm zugewandt, war rothaarig, und als sie ihn aus dem Augenwinkel näher kommen sah, rief sie mit künstlich tiefer Stimme: »Ho, ho, da kommt der Hausherr!«, und als er bei ihnen angelangt war, leicht verwirrt über diesen verbalen Angriff und ein wenig verärgert, aber zugleich neugierig, da konnte er sich davon überzeugen, daß er auch sie kannte, obwohl er sie gestern für eine Erscheinung hinter der Hecke des Nachbarn gehalten hatte. »Ist der junge Herr gerade erst aufgestanden? Wir haben doch schon fast Mittag«, sagte nun diese letztere zu ihm, und er merkte, daß sie nicht nur rothaarig war und Sommersprossen hatte, sondern außerdem sehr hübsch war – sofern jemand, der rothaarig ist und so viele Sommersprossen hat, überhaupt hübsch sein kann, so dachte er zumindest; in ihren Augen war etwas Keckes, so daß sein Ärger plötzlich wie weggeblasen war, obwohl sie erneut mit dieser künstlich tiefen Stimme etwas Provozierendes sagte: »Wenn er sich in Zukunft immer bis zum Mittag ausschläft, verschläft er das Wichtigste. Vorsicht!« Frosia sagte statt dessen nur »guten Tag« und erklärte stolz: »Das ist die Enkeltochter des Nachbarn, Herrn Filipowicz; sie ist aus Warschau gekommen, um hier die Ferien zu verbringen, und sie heißt Zuzia«, worauf sie sich zu ihr hinbeugte; die beiden tuschelten nun miteinander, ohne ihn noch weiter zu beachten, und lachten laut, mit einem so ansteckenden Lachen, daß auch er lachen mußte, und die nächtlichen Alpträume verflüchtigten sich alsbald.

Was war denn das Allerwichtigste, das er verschlafen hatte, dachte er, was war denn das Allerwichtigste, wovon er keine Ahnung hatte, die beiden Mädchen aber sehr wohl? Und wie sollte er aufpassen und worauf? Diese Gedanken schwirrten durch seinen Kopf, während er durch den Obstgarten ging bis ans Ende, wo auf einer halbkreisförmigen Rasenfläche, die von einer Wiese umgeben war, der aus mehreren Bienenkästen bestehende Bienenstock der Tante stand. Auch andere Gedanken tauchten auf: ob diese Zuzia aus der Hauptstadt wohl auch so hochnäsig war wie Karola, die Tochter von Tante Klaudyna? Denn die meisten Mädchen, die er kannte, waren hochnäsig, und die, die aus der Hauptstadt kamen, gewöhnlich noch mehr, und was hatte Zuzias extra tiefe Stimme zu bedeuten, wen äffte sie damit nach? Schon war er wieder von Zweifel erfaßt, aber als er zurückging, hörte er, wie sie mitten im Garten plapperten und kicherten, diese Zuzia von dem Nachbarn mußte etwas erzählt haben, das Frosia in Erstaunen und Bewunderung versetzt hatte; er ertappte sich dabei, daß er Neugier und Vergnügen empfand. Zu Hause traf er auf Tante Weronika und Mama, wie sie ganz versunken vor dem Radiogerät im Salon saßen; an den Türrahmen gelehnt, stand der alte Seweryn da und versuchte ihm im Flüsterton zu erklären, wem die beiden Damen so aufmerksam lauschten, sie hörten nämlich die Ansprache des Marschalls. Und daß diese ungeheuer wichtig sei und daß man mit allem rechnen müsse! Er aber fragte nicht, womit, und ließ sich nicht von Mama rufen, sondern entwischte wieder in den Garten; als kurz nach dem Mittagessen Tante Barbara mit dem Pferdewagen vom Bahnhof kam, war er innerlich nicht auf irgendwelche unguten Ereignisse vorbereitet, ganz im Gegenteil, der Aufenthalt in P. wurde sogar langsam ein Ausgleich für die Enttäuschung mit Venedig.

Denn Tante Barbara mochte er von all seinen Tanten am meisten, das war damals so und würde immer so sein. Später übrigens, wann immer er sich auch nur vage ihr Bild in Erinnerung rief, wuchs in ihm die Überzeugung, daß sie in jenem Sommer des Jahres 1939 für ihn nicht nur die Lieblingstante gewesen war, als sie in P. erschien, sondern viel mehr: In dieser wenig verständlichen, aber faszinierenden und beunruhigenden Welt der kleinen und großen Mädchen sowie der Frauen, in der er sich aufhielt, war sie ein vollkommen verständliches Wesen, das er bewunderte und liebte. Und ihr verdankte er seine bald darauf unternommene unwahrscheinliche Reise nach Venedig, und es war sie, die für kurze Zeit den reißenden Strom jener Ereignisse für ihn aufhielt, die ihn als kleinen Jungen auf dem einen Ufer erfassen und ihn dann unwiederbringlich aufs andere Ufer werfen sollten, als völlig Veränderten, beinahe Erwachsenen.

Er hatte keine Ahnung, wie alt Tante Barbara war. Immer dunkel gekleidet, schlank, schön, ihre sanften Gesichtszüge schienen etwas Helles auszustrahlen, ihr Haar hatte sie hochgesteckt nach einer längst vergangenen Mode, die er von den vergilbten Bildern aus den Illustrierten vom Dachboden kannte. Vielleicht war er der einzige, der wußte, daß man in ihrem Haar schon silbriggraue Strähnen finden konnte, denn morgens, wenn sie es vor dem Spiegel des Toilettentischs bürstete, erlaubte sie ihm, es zu berühren, sogar mit beiden Händen hineinzufassen, sogar seinen Duft einzuatmen: Er liebte diesen Duft wie kaum etwas, er erinnerte sich noch Jahre danach daran, genauso wie an die weiche Üppigkeit. Ihm war im Gedächtnis geblieben, daß Tante Barbara, unabhängig von Sonnenschein oder Regenwetter, immer einen Schirm in der Hand hatte (den sie zu Hause gewöhnlich gegen einen zierlichen Spazierstock mit Bernsteinknauf eintauschte), sie trug gerne Mäntel aus schottischem Wollstoff, Kostüme aus englischem Tuch, Kleider jedoch aus fließender, charakteristisch raschelnder Seide, alles in dunklen Farben, die ihr gut standen, und alles an ihr duftete auch so angenehm wie ihr Haar; außerdem hatte sie eine Schwäche für verschiedene schöne kleine Dinge, mit denen man bei ihr zu Hause spielen durfte. In ihrer Gegenwart durfte man auch schlimme Ausdrücke benutzen, die man irgendwo auf der Straße aufgeschnappt hatte, bei ihr durfte man sich den Bauch vollschlagen mit Cornichons oder mit in Rahm eingelegten

Heringen, mit viel Zwiebeln, Dill und Pfeffer, der einem am Gaumen brannte, sogar mit ungarischem Gulasch, paprikarot wie ein nicht durchgebratenes Beefsteak, das Mama um nichts in der Welt erlaubt hätte zu essen – und danach hatte man überhaupt keine Bauchschmerzen, ganz zu schweigen von den Fruchtbonbons, die man bei Tante Barbara zerbeißen durfte, von denen einem zu Hause immer »der Zahnschmelz platzte«, bei der Tante platzte er nicht, da hätte er wetten können. Das Bestechendste an ihr war aber ihr unvergleichlicher Sinn für Humor: Jeden Satz konnte sie, wenn sie wollte, in einen Scherz verwandeln, und oft benahm sie sich wie ein junges Mädchen, zum Lachen bereit, obwohl er damals schon gewußt hatte, daß der von Kriegslegenden umwobene General, der erste Mann von Tante Klaudyna, den er nie zu Gesicht bekommen hatte, der Vater von Karolina, davor der Verlobte von Tante Barbara gewesen war, und er vermutete, daß sie trotz ihrer heiteren Natur und Leichtigkeit von den anderen Frauen nicht beneidet wurde.

Nun stand sie bereits unter dem Vordach, der Droschkenkutscher stellte den Koffer in der Diele ab, kletterte wieder auf seinen Fahrersitz und fuhr zurück in Richtung Tor, die Tante aber, als sie

Schritte auf dem Weg hörte, drehte sich um, und als sie ihn herbeilaufen sah, trat sie schnell wieder aus der Tür heraus, und über ihr Gesicht huschte zwar ein Lächeln, als sie ihn umarmte und »Servus« sagte, das Lächeln wirkte aber gezwungen, als wollte sie damit etwas verbergen (sie war blaß und wirkte müde), er hätte nun also wieder erahnen müssen, daß etwas passiert war, daß etwas passieren könnte, gewöhnlich spiegelte sich auf ihrem Gesicht alles deutlich wider, was in ihrem Innern vor sich ging, und obwohl er kurz stutzte, dachte er dann nur, das seien die Sonnenstrahlen gewesen, in dem Moment, als sie aus dem Schatten des Vordachs heraustrat. Sie sagte aber sofort fast heiter: »Wie geht's? Siehst prima aus. Was ist los, das ganze Haus ist ja wie ausgestorben? Halten die alle einen Mittagsschlaf, oder was?« – da war dieses kaum spürbare Etwas, das wie der Flügelschlag eines Vogels im Flug kurz sein Bewußtsein gestreift und ihn hatte erschaudern lassen, gleich wieder ganz weit weg. Dann fragte sie nach Karola, und er erwiderte, daß er nichts über Karola wisse, nur gehört habe, daß Tante Klaudyna für den Sommer nach Zoppot gefahren sei und Karola bestimmt mitgenommen habe; aber vielleicht errötete er, als er von Karola sprach, war vielleicht auch ein wenig verlegen, denn die Tante lächelte bedeutungsvoll und sagte: »Hat man sie noch nicht hierhergebracht? Nein, sie ist nicht mit ihrer Mutter nach Zoppot gefahren. Mein Armer, langweilst dich sicher schrecklich? Aber sie kommt morgen, übermorgen ganz bestimmt«, und als er auf diese Nachricht hin tatsächlich verlegen wurde, ruhte ihr verständnisvoller Blick auf ihm, und in ihrem Lächeln war nichts Gezwungenes mehr, also war auch dieser kurze Eindruck, daß etwas passiert sei, daß sie irgendeine schlimme Nachricht verheimliche, endgültig verschwunden.

Später jedoch, als sie im Eßzimmer beim Abendessen saßen und plötzlich einer der Frauen der Satz von der »geheimen« Mobilmachung der Reserve herausrutschte, spürte er eine unerklärliche Erregung. Das Wort Mobilmachung kannte er zwar und auch das Wort Reserve (sein Vater war Reserveoffizier in einer Spezialeinheit), was aber das Wort »geheim« dabei zu suchen hatte, wußte er nicht, und es klang für ihn rätselhaft. Nur daß seine Neugier noch nicht so groß war, als daß er nachgefragt hätte (erst in den nächsten Tagen fiel ihm ihr Gespräch wieder ein), um so weniger, als die Tanten und seine Mama das Thema wechselten und alte Familiengeschichten aufwärmten, wobei sie bestimmte Wörter bedeutungsvoll betonten, aber er versuchte nicht zu ergründen, was sich hinter ihren Worten verbarg.

Tante Barbara saß regungslos und ohne zu lächeln seiner Mama gegenüber. Über ihr dunkelviolettes Kleid, das ihre schlanke Gestalt noch schlanker erscheinen ließ, hatte sie einen Schal geworfen, ihn über der Brust zusammengelegt, die Arme über dem Schal verschränkt, und in diesen Farben und dieser Haltung ähnelte sie einem vor Kälte erstarrten Vogel im Herbst vor seinem Abflug in ferne Länder, obwohl ringsum hochsommerliche Hitze herrschte. Gewiß, sie hörte zu, was man sagte, und sprach auch selbst, aber ihr Blick war vollständig abwesend. Also hätte er, Marek, es schließlich ahnen müssen. Aber wieder ahnte er nichts. Statt dessen überlegte er, woher Tante Barbara wußte, daß Karola nach P. kommen werde; bis jetzt hatte er sich noch nicht zu fragen getraut, vor lauter Verzweiflung fragte er nun aber, und Tante Barbara sagte, daß Tante Klaudyna, Karolas Mutter, nach Zoppot gefahren sei, »das weiß ich«, unterbrach er sie, worauf die Tante lachend fortfuhr: »Wo hätte sie sie denn sonst unterbringen sollen mit ihrer Gouvernante, dieser Tschechin, wenn nicht hier?« Und sofort, wie immer, wenn die Sprache auf seine Cousine kam, regte sich auf merkwürdige Weise etwas in seinem Inneren, was er als angenehm, gleichzeitig aber auch als schmerzhaft empfand und was er mit den ihm bekannten Worten noch nicht hätte ausdrücken können.

Dieses beunruhigende Gefühl war freilich nicht allein mit Karola verbunden. Es hatte ihn schon »immer« begleitet. Vielleicht so wie jenes Bild von Venedig aus den Erzählungen; es verband sich auch mit dem warmen Geruch seines Kindermädchens, das ihn früher auf dem Schoß gehalten oder an die Brust gedrückt hatte, voller Sattheit und Geborgenheit; und wenn die Erinnerung an dieses Gefühl aus dem Unterbewußtsein flüchtig, undeutlich auftauchte – vielleicht war es ja sogar nur ein Traum –, dann war es später bestimmt kein Traum mehr, wenn ihn Tante Barbara, für die er schwärmte, in den Arm nahm, sogar wenn Tante Klaudyna ihn in den Arm nahm, für die er doch überhaupt nicht schwärmte, und noch später, bereits während der Schulzeit, kehrte dieses Gefühl manchmal wieder, bei Begegnungen über den Schulhof hinweg, wo auf der gegenüberliegenden Seite hinter dem Zaun die Mädchenschule war; diese atemberaubenden Augenblicke des Staunens und der Bewunderung mal für das eine, mal für das andere Mädchen, wenn sie artig in ihren blauen Faltenröcken und weißen

Blusen die kleine Kastanienallee entlangschritten, mit bunten Kokarden auf dem Kopf, mit Zopf oder Pagenfrisur – keine glich der anderen –, und wenn er mit unverhohlener Neugier ihre graziösen Bewegungen verfolgte, ihre kurzen, sich sofort wieder zurückziehenden Blicke, ihr hinter vorgehaltener Hand sogleich unterdrücktes Lächeln; und ein, zwei Jahre später, als für kurze Zeit Tante Klaudyna mit Karolina, die er schon kannte und einfach Karola nannte, in ihre Stadt zog und Karola ihm eigentlich ziemlich gleichgültig war; aber an dem Tag, als sie mit ihrer Mutter zum ersten Mal bei ihnen daheim zu Besuch war, packte es ihn, und das war die gleiche Begeisterung, Verzauberung, obwohl es draußen regnete, ihr Gesicht naß war, ihr Haar auch, in verklebten Strähnen traurig auf die Wangen herabhing, aber dieses Lächeln ihrer Augen, nur der Augen, das Schalkhafte, Spöttische, denn sie war ein Jahr älter als er und fühlte sich selbstsicherer, und diese herausfordernde Erklärung: »Du darfst mich küssen. Wir wohnen nun am selben Ort, du wirst mich also öfter sehen müssen« – das alles erfüllte ihn mit der Vorfreude auf etwas, durchdrang ihn aber zugleich auch mit dem Schmerz einer Unersättlichkeit und eines Rätsels, und er war verlegen, unsicher, aber auch ärgerlich auf sich selbst für diese Unsicherheit, sogar entsetzt, denn es fiel ihm schwer, sich mit Karolas ewiger Hochnäsigkeit abzufinden, mit ihrer Überheblichkeit ihm gegenüber, und an jenem Abend hatte er vor dem Einschlafen im Bett geweint. Nun, wieder vor dem Einschlafen, als er auf dem Rücken liegend die kaum sichtbaren Lichtreflexe der draußen auf dem Terrassentisch stehenden Kerzen an der Zimmerdecke beobachtete (denn dort saß immer noch Mama mit ihren beiden Schwestern und debattierte über den Krieg, was ihn in diesem Moment gar nicht erschütterte), dachte er nur an die angenehmen Ferien mit seiner Cousine, die er schon ein Jahr nicht mehr gesehen hatte – und von der noch vor kurzem empfundenen Leere hier bei Tante Weronika in P. war nun keine Spur mehr.

Um so mehr, als er am nächsten Tag schon (ein wenig dank Tante Barbara) mit Frosia und Zuzia Freundschaft schloß. Denn bereits am frühen Morgen hatte Tante Barbara vorgeschlagen, eine Partie Krocket zu spielen, und lud einige Kinder aus der Nachbarschaft dazu ein. Die Gegend nahm um diese Jahreszeit den Charakter einer Sommerfrische an, denn sie füllte sich mit Ankömmlingen aus den größeren Städten, Familien mit Kindern, Jugendlichen, die hierher in die Ferien geschickt wurden, so wie Zuzia und ihr entfernter Verwandter, Tomasz – ein sich im Stimmbruch befindliches Trampeltier –, der ihm, Marek, von Anfang an auf die Nerven ging mit seinen Sprüchen, die er nicht verstand, er bezweifelte im übrigen, ob der Sprücheklopfer sie überhaupt selbst verstand; seine Stimme, genauer gesagt eine seiner Stimmen (denn er hatte eine hohe Piepsstimme, die plötzlich in einen heiseren Baß umkippte), äffte Zuzia immer nach. Sie spielten also zusammen mit Tante Barbara schon in aller Frühe drei stinklangweilige Partien Krocket, und Tomasz fiel ihm dabei mächtig auf den Wekker, sein Watschelgang mit diesen kräftigen, muskulösen Beinen erinnerte ihn an die beim Großvater aufgeschnappte spöttische Bemerkung über jemanden, der Lakaienwaden habe; und die ganze Zeit beobachtete er mit einem Gefühl der Eifersucht, wie jede Bewegung von Tomasz, jede seiner Äußerungen der niedlichen Rothaarigen imponierten und ihre Bewunderung hervorriefen, und er wußte nicht, was er davon halten sollte. In seinen Augen war er ein »verfluchter Bankert!«, wobei er übrigens die Bedeutung des Wortes Bankert nicht kannte, er wußte aber, daß es etwas Abstoßendes bedeutete, etwas, das den da bestimmt charakterisierte, und er wiederholte das Wort in Gedanken, ließ es mit einer gewissen Genugtuung auf der Zunge zergehen und später immer noch, als sie nach dem Krocket im Gras saßen und sich unterhielten und dabei verschiedene wichtige Themen streiften. Ob ein Mensch auf dem Mond leben könne, nach der Meinung von Tomasz nicht, eher auf dem Mars, denn diese Kanäle dort habe nur ein Mensch bauen können, er, Marek, hatte freilich von Kanälen eine andere Vorstellung, man ließ ihn aber nicht zu Wort kommen; und ob die mysteriösen Todesfälle in der Equipe von Lord Carnarvon wirklich in Zusammenhang standen mit dem Fluch Tutanchamuns, und über die Transatlantikflüge, über die Expedition Walter Scotts, schließlich über den Kavallerieangriff in dem Film *Wielka parada*[5], und Zuzias Augen, wie zwei Bernsteinperlen, folgten mit zustimmendem Blick Tomasz, der immer weiter schwadronierte, so daß er, Marek, zu der Überzeugung gelangte, er müsse seine Meinung in bezug auf das andere Geschlecht gründlich überdenken, wenn nicht gar revidieren. Er atmete geradezu auf, als sich schließlich alle davonmachten.

Am Abend hörte er erneut aufmerksam einem Gespräch von Tante Weronika und Tante Barbara

5 *Große Parade.*

zu; die beiden sprachen über den Krieg und ob er tatsächlich stattfinden würde. Die erleuchteten Fenster im Erdgeschoß, an denen grüne Fliegengitter angebracht waren, standen offen, und von dort war ein energisches Hämmern auf der Schreibmaschine zu hören; während Mama intensiv ihre Vorlesungsreihe vorbereitete, die in der ersten Septemberhälfte beginnen sollte, machte er sich zum ersten Mal Gedanken über das, worüber die Tanten sprachen. Krieg? Ein Wort, das er bestens aus Büchern kannte. Aber bis jetzt war es nicht in reale Bilder übertragbar gewesen. Er zuckte die Achseln.

Am nächsten Tag brachte Madame Lilian – hochgewachsen und dünn wie eine Bohnenstange, der Herkunft nach Tschechin, sich aber als Französin ausgebend – Karolina, die Tochter von Tante Klaudyna, nach P. Madame Lilian war Karolas Erzieherin; man sagte »Erzieherin«, obwohl Tante Klaudyna beharrlich das Wort »Gouvernante« benutzte, Großmutter aber einmal verfügt hatte, das klinge angeberisch, undemokratisch und hetze die Bauern zur Revolution und zum Niederbrennen der Herrenhäuser auf, also schlossen sich alle, mit Ausnahme von Tante Klaudyna, bereitwillig der Meinung der Großmutter an und sagten »Erzieherin«. Gleich nach ihrer Ankunft verkündete Madame

Lilian, daß Karolinas Mutter mit ihrem Verlobten schon im Juli nach Zoppot gefahren sei (was doch alle längst wußten), und nun hatten Karolinas Großeltern am Telephon Druck auf Tante Klaudyna ausgeübt (was niemand wußte), sie solle das Mädchen sofort nach P. schicken, was sie dann auch tat.

Er, Marek, glaubte damals nicht so recht an den Verlobten von Tante Klaudyna, der Verlobte soll später eine Frau geheiratet haben, mit der er damals bereits verlobt war, und Tante Klaudyna hatte ja schon fünf oder sechs Verlobte nacheinander gehabt, Ehemänner hingegen nur drei, aber Karola bestätigte die Sache mit dem Verlobten, also nahm er diesen Verlobten zur Kenntnis, schließlich war es ihm egal, mit wem die Tante ihre Ferien verbrachte, was zählte, war, daß er die Ankunft Karolas indirekt den Ferien seiner Tante und direkt der Anordnung des Großvaters zu verdanken hatte. Aber Karola war mit einem recht bekümmerten Gesicht hier eingetroffen, überhaupt war sie ziemlich »gedämpft«, aber bis jetzt hatte er noch nicht herausgefunden, ob der Grund für ihre Stimmung die Reise ihrer Mutter war oder die angespannte Atmosphäre, die in diesem Sommer in einigen Häusern herrschte, er spürte nur eher intuitiv bei der geliebten Cousine eine Traurigkeit und so etwas wie das Gefühl, abgeschoben worden zu sein, wenngleich er dieses Wort noch nicht kannte. Und obwohl ihre Gemütsverfassung ihn betrübte, sah er auch ihre positiven Seiten: Sie war nicht hochnäsig, was er vorher noch befürchtet hatte, und sie war auch nicht mehr rechthaberisch.

Übrigens schien auch Mama nicht besonders heiter zu sein, aber bei ihr war der Grund bestimmt Überarbeitung; außer zu den Mahlzeiten bekam man sie selten zu sehen; daß sie beschäftigt war, hatte aber auch seine guten Seiten – Madame Lilian bekam er dadurch noch seltener zu sehen, denn sie half Mama, ihre Manuskripte abzutippen; weder er noch Karola konnten die Tschechin ausstehen. Die einzige Erwachsene, die ihnen Gesellschaft leistete, war also Tante Barbara, denn Tante Weronika und der alte Seweryn hatten im Obstgarten alle Hände voll zu tun.

Dann kam noch, womit niemand gerechnet hatte, die Großmutter nach P. Als Karola sie in den Obstgarten führte, wo die Tante und Seweryn Äpfel aufluden, sagte die alte Dame, als sie ihre Tochter auf dem Wagen stehen sah, ganz entsetzt: »Großer Gott, Weronika, heute ist doch nicht Purim!« (was eine Anspielung auf die Kleidung der Tante gewesen sein mußte), sie winkte aber sofort ab, daß das unwichtig sei, umarmte Weronika ruppig, und nach einem raschen Austausch von Begrüßungen fiel zum ersten Mal dieses Wort – Mobilmachung. Dann tauchte es immer wieder im Wechsel mit dem Wort Krieg in allen Gesprächen der Erwachsenen auf. Er konnte sich nicht mehr erinnern, wann er die Bedeutung des Wortes Mobilmachung richtig verstanden hatte: als Tante Weronika ihn noch an jenem Tag, da sie die Kisten mit dem Obst zum Grossisten am Bahnhof fuhr, mitnahm und er dort die Massen sonnenerhitzter Männer sah, jeder mit einem Bündel in der Hand, wie sie auf den Zug aufsprangen; oder als das Wort in irgendeiner Radiomeldung aufgetaucht war, oder schließlich erst, als der Großvater aus L. anrief und Mama anscheinend beschwor, sich nicht aus P. wegzubewegen, Mama aber am darauffolgenden Tag, nur schwer die Tränen zurückhaltend, mit einem kleinen Koffer und der Rechtfertigung, daß dies ihre Pflicht sei, daß sie nicht anders könne, in den von irgendwoher geschickten Wagen stieg und wegfuhr.

Erst am nächsten Tag erklärte ihm Tante Barbara schließlich die Bedeutung des Wortes Mobilmachung und daß die Mitglieder des »Weißen Kreuzes« ebenfalls Einberufungsbefehle erhalten hätten, er konnte jedoch nicht begreifen, weshalb ausgerechnet Mama. Der nächste Tag war wieder heiß, und es ging hoch her, fieberhaftes Radiohören, Erwachsenengespräche, von denen sie, die Kinder, ausgeschlossen waren (die Erwachsenen schwiegen, wenn er oder Karola in der Nähe war, und die beiden tauchten immer im ungünstigsten Augenblick auf); meistens wurden sie nach draußen geschickt, damit sie sich dort mit etwas beschäftigten, aber da »saß« ihnen Madame Lilian »im Nakken«, mäkelte herum und hielt Strafpredigten, oder sie wurden zum alten Seweryn in den Obstgarten geschickt, aber der hatte schon gleich gar keine Zeit für sie. Die Fahrt mit dem Pferdewagen um die Villa herum wurde schnell langweilig, um so mehr, als man nur den Kopf über den Gartenzaun strecken mußte, um zu sehen, daß sich auf der Straße etwas Unerhörtes abspielte, und Zuzia und Tomasz vom Nachbargrundstück über den Zaun hinweg verkündeten, daß in der Stadt mächtig was los sei, Menschenmassen um den Bahnhof herum, und daß auf der Brücke über den San Militärkolonnen Richtung Westen zogen.

Gegen Abend galoppierten von der Flußseite her bunt uniformierte, tapfere, stolze Ulanen auf die Wiese der Tante hinter dem Obstgarten und ließen, ohne jemanden um Erlaubnis gefragt zu haben, die Pferde frei herumlaufen, und nachdem sie die Karabiner an der Ackergrenze, die die Wiese und das Haferstoppelfeld teilte, zu Böcken zusammengestellt hatten, legten sie sich in einer Reihe entlang den Heuhaufen hin und schoben ihren Sattel und eine zusammengerollte Decke unter den Kopf, und ihre schleppenden Gespräche waren von weitem zu hören. Sie vermischten sich mit dem Geklapper von Halfter und Zaumzeug, dem Geklirr von Kinnketten und Eisenteilchen, durch die aufgeheizte, fast stehende Luft wurde der bittere Geruch von Tabakrauch, Menschen- und Pferdeschweiß und noch etwas getragen, was er später immer mit Militär verbinden würde, vielleicht der Geruch von Essen aus einem Kessel, vielleicht ein speckiger Ledersattel, abgenutzter Filz oder rauhes Tuch, vielleicht aber auch ganz einfach der Geruch erschöpfter Männer, die sich vor dem Kampf zum Schlafen hinlegten.

Im Schutz der Dunkelheit entwischte Marek mit Karola aus dem Haus, und die beiden schlichen sich bis an den Zaun heran: Ein bläulicher Nebelstreifen lag über der Wiese. Es ragten hier und da Pferderücken und Pferdehälse auf, von Zeit zu Zeit war ein kurzes Wiehern zu hören, ein noch kürzeres scharfes Schnauben, das gleich wieder abbrach; dann sahen sie, wie aus der Nebelwolke ein Kopf oder auch drei, vier Köpfe auftauchten und wie sie sich mit den Nüstern zärtlich berührten oder gegenseitig die Hälse aneinander rieben. Dann war es still, und nur vereinzelt bewegten sich die Gestalten der Soldaten am Wiesenrand wie Schatten; und die beiden schauten wie verzaubert zu und sprachen fast nicht miteinander, und wenn doch, dann nur flüsternd. Später kam aus Richtung Stadt von der anderen Seite des Obstgartens her quietschend im Schritttempo ein Bauernfuhrwerk zurück, und der betrunkene Kutscher begann aus voller Kehle zu brüllen: »Hej siup, noga w nogę i jajami o podłogę! Od wieczora, aż do świtu, sikam sobie do sufitu!«[6] Als er auf der Höhe der Wiese ankam und die schlafenden Soldaten erblickte, verstummte er schlagartig; durch einen Peitschenhieb ließen sich die Pferde in einen schnelleren Trab bringen. Und später noch, irgendwo auf dem Haferstoppelfeld, war am Boden ein kleines Feuerchen zu sehen, die Flamme hing im Nebel wie ein zerschmolzener Wachstropfen, die Umrisse neben dem Feuer waren ohne Köpfe, als habe die über ihnen schwebende Dunkelheit sie mit einem Messer abgeschnitten, und dann hörten sie nichts mehr.

6 He, hopp, Bein an Bein und die Hoden geg'n d'n Boden! Und vom Abend bis zum Morgen ich bis an die Decke piss'!

In jener Nacht, gegen Morgen, läutete Wiktor bei Tante Weronika an der Eingangstür. Alle im Haus wurden wach, falls von den Erwachsenen überhaupt jemand geschlafen hatte, jedenfalls war es vor dem Läuten still gewesen, und danach war das Haus plötzlich von Geschrei und Rufen erfüllt. Wiktor stand unter dem Vordach, ganz grau von Staub und Schmutz, seine »funkelnagelneue« Pfadfinderuniform hing in Fetzen an ihm herunter, die Stiefel waren mit eingetrocknetem Dreck verschmiert, der Rucksack, der vor seinen Füßen lag, auch, und er erzählte, daß sie sich von ihrem bei Wilna gelegenen Pfadfinderlager aus auf Umwegen bis in die Gegend von Polesie[7] durchgeschlagen hätten, daß die Landstraßen voll von Flüchtlingen und Militär seien, und dann sprach er noch von den Zügen und Bussen, daß sie es damit nicht einmal in zwei Wochen geschafft hätten; was sich da abspiele, sei unbeschreiblich; und so verdreckt, wie er war, in dieser zerrissenen Uniform, schlief er mitten im Satz auf dem Sessel ein. Die Tanten und die Großmutter mußten ihn in eines der Nebenzimmer schleppen, wo zum Glück, wie in den meisten anderen Zimmern auch, ein Bett

7 Wald- und Sumpfgebiet am Pripjet und seinen Nebenflüssen, zwischen dem Dnjepr im Osten, dem Weichselnebenfluß Wieprz im Westen.

stand. Und da erst wurde ihnen klar, ihm, Marek, und auch Karola, daß seit zwei, ja sogar schon seit drei oder vier Tagen Krieg herrschte. Als hätten die Ereignisse ringsum erst mit Wiktors Ankunft – nicht vorher – eine Bedeutung erhalten und einen noch schnelleren Verlauf genommen.

Am Morgen waren die Ulanen auf der Wiese hinter dem Obstgarten schon weg. Sie hatten von den Pferdehufen zertrampeltes Gras zurückgelassen, dazwischen sah man eine schwarze Feuerspur entlang der Ackergrenze, schiefe, zertretene Heuhaufen, vor denen sie geschlafen hatten, und der Geruch vom Abend, den er am Boden wahrgenommen hatte, war nicht mehr so stark, ließ schon nach, verflüchtigte sich in der erneuten Hitze; dieser Geruch von Pferden, Schweiß, Leder, vom Rauch des Strohs, der Zweige und Blätter und von kräftigen jungen Männern, die wußten, was sie am nächsten Tag erwartete.

Die Großmutter und die Tanten verließen kaum noch den Salon, in der Ecke lief ständig das Radio mit Meldungen, die immer wieder von weiteren Ansprachen und Militärmusik unterbrochen wurden, weder er noch Karola erhielten auf ihre Fragen eine Antwort, Wiktor schlief immer noch, obwohl man ihn schon kurz aufwecken, ihn dazu bewegen konnte, sich zu waschen und sich umzuziehen; dann aß er einen Bissen am Küchentisch, kaute unter großen Schwierigkeiten, trank gierig etwas Milch, da er wohl immer noch schlief, und auf Fragen von Frosia, »der Aushilfe«, antwortete er nur halblaut und ungenau, auf seine, Mareks, Vorstöße reagierte er überhaupt nicht. Also brauchten sie keine weiteren Erklärungen mehr – sie wußten, daß das, was sie bis jetzt einzig aus Büchern und Erzählungen in der Familie gekannt hatten, wirklich eingetroffen war.

Beim Mittagessen verkündete Tante Barbara, daß sie nicht zurück nach Hause fahren und vorläufig auch nicht zur Schule gehen würden; das machte auf sie keinen größeren Eindruck, sie betrachteten nur aufmerksam die Erwachsenen, stellten keine Fragen und versuchten zu begreifen, weshalb niemand sie zum Essen drängte – es wurde nicht einmal bemerkt, daß Frosia die fast unberührten Teller vom Tisch abräumte.

An jenem Tag ereignete sich noch etwas anderes: Im Keller, wo in Regalen Kompottgläser und viele Flaschen mit Obstwein für den Winter gelagert wurden, sprudelte eine Quelle. Er, Marek, hatte sie entdeckt, als er dort einer der Katzen von Tante Weronika hinterhergejagt war. Als er sie gefangen hatte (das heißt, eigentlich kam sie von selbst zu ihm, als sei sie plötzlich zahm geworden), vergaß er, daß er Katzen nicht ausstehen konnte, und nahm sie auf den Schoß, setzte sich in eine Ecke, streichelte ihren elektrisierenden Rücken und wiederholte in Gedanken das Wort »Krieg«, wobei er sich nicht ganz von den Bildern des Krieges aus den bisher gelesenen Büchern losreißen konnte, er wußte aber, daß es etwas viel Schrecklicheres bedeutete, und wäre am liebsten in Tränen ausgebrochen, um so mehr, als ihn hier keiner sah; er reagierte nicht auf Karolas immer lauteres und ungeduldigeres Rufen aus dem Garten, und ihm schien, als wollte die schnurrende Katze ihm etwas Wichtiges mitteilen oder sogar versuchen, ihn zu trösten. Denn eine Stunde zuvor oder auch etwas früher, gleich nach dem Mittagessen, platzte, wie ein Blitz aus heiterem Himmel, kurz sein Vater mitten in die Damenrunde von Tante Weronika. Sein Wagen – ein Militärfahrzeug – hielt mit knirschenden Reifen vor dem Tor, der Vater lief den Weg vom Tor bis zum Haus, wobei er es unterwegs noch schaffte, Tante Barbara zur Begrüßung zu umarmen, ihr aufgeregt etwas mitzuteilen und nach Mama zu fragen (seine Uniform war staubig, seine Stiefel ebenfalls und sein Gesicht so schwarz wie kürzlich das von Wiktor); er lief in den Salon, wechselte ein paar Worte mit der Großmutter, ganz in Eile, mit stechendem Blick, er gab ihm, Marek, einen Kuß, und auch Wiktor, der gerade für einen kurzen Moment aufgewacht war, sich im Bett aufrichtete, geistesabwesend den Vater anschaute und sofort wieder kraftlos aufs Kissen fiel; schon verabschiedete sich der Vater von den Anwesenden, lief wieder durch den Garten zurück zum Wagen und verschwand.

Später, als Karolas Rufen immer quengeliger wurde, streckte Marek den Kopf aus dem Kellerfenster und gab Antwort, aber damit sie ihn nicht fragte, warum er so lange dort unten gesessen habe, berichtete er voller Stolz, er habe eine Quelle entdeckt. Sie kam zu ihm hinunter und sagte: »Schon wieder machst du dich wichtig …« und kniff ungläubig die Augenbrauen zusammen, und weil er ihrem Blick ansah, daß sie nicht verstanden hatte, erzählte er ihr alles haarklein; an der Stelle, wo zwischen den Ritzen des Steinfußbodens das Wasser hervorquoll und dabei eine immer größer werdende Lache bildete, stand Karola dann wie hypnotisiert und sprachlos da, bis sie sich schließlich nach vorn beugte, beide Hände ins Wasser tauchte, ein wenig mit den Fingern darin spielte – als würde sie zart ein Instrument berühren – und schließlich sagte: »Ist das Zauberei oder was …?«

Später versuchten sie Tante Weronika von diesem Ereignis zu berichten, aber die hatte überhaupt kein Ohr für sie, die Großmutter und die sonst so geduldige Tante Barbara auch nicht. Erst kurz vor dem Abendessen fanden sie in dem alten Seweryn einen gnädigeren Zuhörer. Denn obwohl sich hartnäckig das Gerücht hielt, Seweryn gehöre nicht gerade zu denen, die das Pulver erfunden hatten, so war er doch allen wohlgesonnen. Als er von der Quelle hörte, winkte er nicht verächtlich ab und jagte die Kinder auch nicht gleich zum Teufel, was sie eigentlich erwartet hätten, im Gegenteil, er, der gewöhnlich etwas schwerfällig und langsam in seinen Bewegungen war, erhob sich sofort erstaunlich leicht aus seinem Sessel, stolperte behende die Steintreppe zum Keller hinab, ging an den noch trockenen Räumen vorbei, und bevor er den schon einige Zentimeter unter Wasser stehenden Raum betrat, zog er die Schuhe aus und krempelte sorgfältig seine Hosenbeine hoch. Dann suchte er die Stelle, wo er, Marek, am Nachmittag die Quelle entdeckt hatte, und schlug einige Male fest mit einem kleinen Hammer auf den Fußboden, bis man das Gluckern hörte. Dann kratzte er sich lange nachdenklich am Kopf (bestimmt, um die Blutzirkulation im Gehirn anzuregen und die Sauerstoffzufuhr zu erhöhen – das hatte der Großvater Marek einmal erklärt), beugte sich hinunter, tauchte einen Finger ins Wasser und leckte ihn ab, wobei er vorsichtig dessen Geschmack prüfte. Ganz versonnen, ließ Seweryns Gesicht nichts durchblicken, nicht einmal, als er sich erneut am Kopf kratzte, diesmal allerdings ein bißchen kürzer, aber sein Rücken straffte sich, als sei er gewachsen, plötzlich jünger geworden, und als er endlich die Stimme erhob, klang sie geradezu triumphierend: »Ich habe es immer gesagt - das mit der Pension hätte man nicht aufgeben sollen! Die Leute wären in Scharen zum Gesundbrunnen von Frau Weronika geströmt.« Aber weder er, Marek, noch Karola kapierten sofort, was er meinte, und als sie kapierten, daß er von dem Heilwasser sprach, das einst der Grund für die Pension der Tante hätte sein sollen, waren sie baß erstaunt.

So fing also alles an. Denn natürlich fand Seweryn nun Gehör bei Tante Weronika. Nach einer Stunde sprach das ganze Haus über nichts anderes mehr als über das Ereignis im Keller. Aus dem Salon war immer wieder eine Stimme aus dem voll aufgedrehten Radio zu hören: »Achtung, Achtung! Fliegeralarm! Einundvierzig, vierzig, neununddreißig[8] ...«,

8 Nummern der Gebiete, in denen die Luftangriffe erwartet wurden.

bis ihm, Marek, all das, was sich hier anbahnte, unheimlich vorkam, wie etwas, das einen in die Tiefe riß, schließlich war seit einigen Tagen Krieg, in dessen Strudel schon Mama und sein Vater fortgetragen worden waren, was sollte also dieses plötzliche Interesse der ganzen Hausgemeinschaft an der Quelle, die im Keller sprudelte? Aber dann am Abend war diese Stimme aus dem Radio, die sagte »Achtung, Achtung, Fliegeralarm ...«, verstummt, eine andere jedoch, eine unbewegt und kühl klingende, las wenig verständliche Verlautbarungen von ausländischen Regierungssprechern, von Politikern mit vertrauten oder fremden Namen vor und gab verschiedene Meldungen durch, die nicht direkt die Kriegsereignisse betrafen, aber niemand zeigte sich im Salon. Beim schwachen Licht einer einzigen Lampe, die auf dem kleinen Tisch mit den ausgelesenen Zeitungen stand, saß nur noch die Großmutter, versunken im Sessel wie ein Kind, regungslos, als ob sie schliefe, und da war er auf einmal davon überzeugt, daß das, was sich irgendwo dort in der Ferne abspielte, nicht wahr sei, erfunden von den Erwachsenen, dieser ganze Krieg war ihr Spiel, nicht das seine, alles war in Ordnung, nichts war geschehen, mit ihm hatte das alles nichts zu tun. Und er dachte nur an die Quelle, die er entdeckt hatte.

Später ging man mehrmals in den Keller, um in Augenschein zu nehmen, was es zu sehen gab – das Wasser reichte schon bis an die Knöchel, floß in dünnen Rinnsalen in die übrigen Räume unter der Villa –, und schließlich kam dann auch noch die Großmutter herunter, ohne dabei große Kommentare abzugeben, aber sie stimmte zurückhaltend mit den anderen darin überein, daß es sich hier in der Tat um ein recht außergewöhnliches Phänomen handle; einzig Madame Lilian, obwohl plötzlich voller Begeisterung, fand, daß es unter ihrer Würde sei, weiter als bis zur Hälfte der Treppe hinabzusteigen. Aber jeder, der nach unten ging, konnte sich mit eigenen Augen davon überzeugen, daß das Wasser wirklich sprudelte und daß an der Stelle, wo es sprudelte, Luftbläschen aufstiegen, die an der Oberfläche sofort mit einem zarten Prickeln zerplatzten, so daß Karola rief, das sei bestimmt Mineralwasser; was zu einer langen Diskussion führte. Seweryn und Tante Weronika stimmten dem zu, er, Marek, und Karola ebenfalls, Tante Barbara und Madame Lilian waren eher gegenteiliger Meinung, während die Großmutter sich nicht dazu äußerte, also blieb die Frage offen – auf jeden Fall schmeckte das Wasser und roch auch gut. Frosia, die nur für den Tag aus der Stadt zum Arbeiten gekommen war, hatte vor lauter Aufregung vergessen, daß es für sie schon längst Zeit war, daß sie sich später fürchten würde, allein in der Dunkelheit zurückzugehen, sie wiederholte immer wieder: »Ein Wunder, ein wahres Wunder!«, bis ihm, Marek, die Geschichte vom heiligen Seraphim in den Sinn kam, wie dieser in einem Fels eine Wunderquelle entdeckt hatte, und er wollte das Ereignis im Keller auch entsprechend deuten, der alte Seweryn aber fuhr das Mädchen an und gebot ihr zu schweigen: »Dummes Ding, was soll denn an diesem Wasser ein Wunder sein. Wenn man das nur früher gewußt hätte, dann hätte Frau Weronika schon längst eine Pension mit eigenem Heilwasser ...«, womit er ganz klar auf Tante Weronikas Kneipp-Leidenschaft anspielte. Und alle zusammen – er, Marek, Karola, Frosia, Tante Barbara sowie die Gäste an diesem Abend, Zuzia und Tomasz aus der Nachbarschaft, und sogar die nur auf der Treppe stehen gebliebene Madame Lilian –, sie alle vergaßen tatsächlich für einige Augenblicke die Kriegslawine, die irgendwo in der Ferne rollte, aber unaufhaltsam näher kam, immer realer wurde; sie alle begannen durcheinanderzureden von den Möglichkeiten einer rentablen Bewirtschaftung des Anwesens von Tante Weronika, und diese, ein wenig erstaunt und leicht benommen, stand etwas abseits und nickte voller Genugtuung und wußte dabei nicht, was sie sagen sollte.

Die ursprüngliche Idee des alten Seweryn, die Villa von Tante Weronika in ein Kurhaus umzufunktionieren, wurde noch am selben Abend gründlich und ernsthaft erörtert. Karola meinte, man müsse im Garten ein schön gekacheltes Schwimmbecken und in der Nähe kleine Gartenlauben mit schattigen Terrassen bauen, die als Umkleidekabinen dienen würden – und als Ort für Siesta und gesellige Unterhaltung, bei der man den Becher Mineralwasser auf die gegenseitige Gesundheit erheben konnte –, er, Marek, ergänzte Karolas Plan noch um die Idee eines Springbrunnens in dem Blumenbeet vor der Villa, aus dem man auch während eines Spaziergangs dieses belebende Getränk schöpfen könne; Seweryn hingegen verkündete, daß man den Garten grundlegend verändern müsse, um das Haus herum solle ein englischer Park entstehen (auf jeden Fall ein englischer, darauf bestand Seweryn), und in der Mitte müsse eine Konzertmuschel errichtet werden, denn Heilwasser trinken und Baden sei zuwenig, die Patienten brauchten Zerstreuung, damit es sie nicht in die nahe gelegene Kneipe von Riesenzweig ziehe, sagte er. Sogar Tante Barbara, sonst immer so zurückhaltend, wenn es um fremde Angelegenheiten ging, bot ihre Dienste an: Sobald hier ein Kurhaus sei, würde sie eine weiße Schürze und auf dem Kopf eine weiße Haube tragen und in dieser Anstalt die Rolle einer Krankenschwester übernehmen.

Es wurde schon dunkel, als aus der Stadt noch Doktor Zaruba, der Hausarzt von Tante Weronika, auf dem Fahrrad vorbeikam. Denn Frosia, beflügelt von dem sensationellen Ereignis, hatte ihre Angst, im Dunkeln allein nach Hause zu gehen, vergessen und auf dem Heimweg dem Doktor die Bitte der Tante übermittelt, er möge doch vorbeischauen, wenn es ihm nur irgendwie zeitlich noch passe; allerdings hatte niemand damit gerechnet, daß dies so schnell geschehen würde. Der Doktor streifte also seine Schuhe ab und zog mit einer Hand die Hosenbeine seiner weiten Hose hoch; von Seweryn geführt, watete er vorsichtig bis zur Mitte des langsam überschwemmten Kellers, dann sog auch er, wie alle anderen vor ihm, den Geruch des Wassers ein und testete seinen Geschmack, wobei er das Gesicht verzog. Als er dann wieder bei den Damen im Salon war und sich den schüchternen, kommentarlosen Bericht von Tante Weronika angehört hatte, in deren Stimme doch ein Hauch von Nervosität wahrzunehmen war, schaute er zuerst sie, dann nach einer Weile auch die anderen im Salon

Versammelten aufmerksam an und seufzte. Aber er bestätigte nur, daß Quellen tatsächlich von Zeit zu Zeit hervorsprudeln, und zwar an Stellen, an denen man dies am wenigsten vermuten würde. Dann saß er noch eine gute Stunde mit den Damen zusammen, aber man sprach bereits über ganz andere Dinge, die weit weniger interessant waren, im übrigen hatte die Großmutter ihnen beiden, Karolina und ihm, Marek, bald darauf schroff befohlen, schlafen zu gehen.

Am nächsten Tag löste sich Wiktor endlich aus seiner Erstarrung, in die er nach seiner Rückkehr verfallen war, so als würde er jetzt erst richtig aufwachen. Und auch er interessierte sich sofort für das wichtigste Ereignis des Vortags. Als sie hinunter in den Keller stiegen, war der Wasserpegel bereits weiter gestiegen, sie waren hellauf begeistert – das Wasser reichte fast bis zu den Waden, und in den anderen Kellerräumen war es genauso. Der ältere Bruder zeigte aber nicht die von ihnen erwartete Begeisterung, im Gegenteil: Ziemlich gleichgültig watete er kreuz und quer durch den Keller; an der Stelle, wo unten in der Erde die Quelle sein sollte, blieb er einen Augenblick stehen und untersuchte mit dem bloßen Fuß das Pulsieren des Wassers, dann, als habe er schon vergessen, was man ihm von den am Tag zuvor geschmiedeten Plänen gesagt hatte, zuckte er die Achseln und verschwand wortlos. Karola war den Tränen nahe, und er, Marek, erklärte, um sie zu beruhigen, daß Wiktor ein Snob sei. Damals wußte er nicht so recht, warum er seinen Bruder ausgerechnet einen Snob genannt hatte, es war ihm einfach herausgerutscht; erst viel später begriff er, daß Wiktor, der mit seinen Gedanken bestimmt immer noch weit weg war – vielleicht erst auf dem Weg vom Pfadfinderlager hierher, sich immer noch auf Umwegen durch die Wälder schlug (obwohl er längst zu Hause angekommen war) – und der innerhalb kurzer Zeit so viel gesehen und erlebt hatte, wie in den ganzen zwölf Jahren seines bisherigen Lebens noch nicht, sich nicht mit solchen Dingen wie einer unter dem Kellerfußboden sprudelnden Quelle befassen konnte, deren Wasser außerdem keinen besonderen Geschmack hatte, sondern einfach nur wie gewöhnliches Wasser schmeckte.

Kurz vor zehn Uhr waren rund ein Dutzend Detonationen aus Richtung der Bahnlinie, die zur Stadt führte, zu vernehmen, und fast gleichzeitig oder sogar schon den Bruchteil einer Sekunde früher heulte irgendwo eine Fabriksirene. Das Dröhnen des Flugzeugs hatten sie überhaupt nicht gehört, zumindest konnte er sich nicht daran erinnern, es gehört zu haben, überall herrschte eine tiefe Stille, wie sie sich manchmal im Sommer an rasch sich erwärmenden Vormittagen über die Vorstadtgärten legte, und plötzlich erschütterten diese gewaltigen Detonationen die Luft, als seien sie direkt hinter dem Gartenzaun; sie brachten den Krieg in Erinnerung, und sofort war das Heulen der Fabriksirene zu hören, nach einigen Sekunden fielen in der Nähe die schwächeren Sirenen der Ölmühle, der Molkerei und einiger Sägewerke der Vorstadt ein, und dann donnerten am Stadtrand die Flugabwehrkanonen los.

Er, Marek, stand die ganze Zeit im Garten, wie durch eine plötzliche Schwäche gelähmt, die es ihm nicht erlaubte, auch nur einen Schritt zu machen, schaute wie hypnotisiert auf die am blaßblauen Himmel explodierenden Geschosse, und es war ihm, als explodierte etwas in seinem Kopf. Dann flüsterte er »Artillerie« und versuchte die Explosionen zu zählen, er zählte an die zwanzig und hörte auf, denn ihm schien, er habe sich getäuscht, und als Karola ihn fragte, woher er wisse, daß das die Artillerie sei, antwortete er immer noch flüsternd, das habe er in einem Film gesehen und gehört, worauf sie schrie, er sei blöd, das sei doch nicht das gleiche, und da war dieses Gefühl der Lähmung aller Knochen, dieser vollkommenen inneren Schwäche verschwunden, weg, und die beiden begannen sich zu streiten. Erst Tante Barbara, die zum Schlichten gerufen wurde, gab ihm recht, ja, das sei die Artillerie der Flugabwehr. Ihre Augen glänzten merkwürdig, sie hatte die Lippen zusammengepreßt und nicht einmal eine Spur von Lächeln auf dem Gesicht; sie machte eine kreisförmige Handbewegung in Richtung Himmel und sagte: »Also kommt es auch schon auf uns zu.« Genau so hatte sie sich ausgedrückt.

Später war dann nichts mehr so wie vorher. Als habe diese Welt plötzlich all ihre Farbenpracht verloren, sei verblaßt, verschmutzt – nicht daß sie trauriger geworden war, sie war einfach fremd geworden, fast feindselig, sie machte angst (und ihr wunderbarer venezianischer Sommer sollte doch gerade erst beginnen), deshalb war es auch noch nach Jahren so, daß er, wenn er nur an den Tag dachte, an dem er zum ersten Mal die Detonationen von Bomben und das Echo der feuernden Flugabwehrkanonen gehört hatte, immer den Eindruck haben würde, daß dies der Schlüsselmoment war, der Einschnitt, an dem eine neue Zeitrechnung begonnen hatte. Die Realität spielte sich jenseits des

Gartenzauns und der Hecke ab, hier hingegen, auf dem Anwesen von Tante Weronika, war es wie auf einer Bühne (nicht nur durch einen Zaun von den Nachbarn getrennt, sondern auch von der Landstraße, die ins nicht sehr tiefe Tal hinabführte, und von der Stadt, die auf der anderen Seite der Landstraße lag, überhaupt von allem, was dort jenseits der Landstraße passierte), und er, Marek, und Karola spielten ein Stück in mehreren Akten oder – wie es die Großmutter nannte – einen Zyklus lebender Bilder. In diesem Stück hatten er und Karola sich die Hauptrollen zugedacht. Aber noch nicht in dem Augenblick, als seine Mama, nur schwer die Tränen zurückhaltend, wegfuhr, auch noch nicht, als die erschöpften Ulanen mit ihrem Sattel unter dem Kopf bei ihren Pferden auf der in Nebel gehüllten Wiese geschlafen hatten, auch nicht, als Wiktor unlängst im Morgengrauen, verdreckt und in zerrissener Uniform, unter der Haustür gestanden hatte, auch nicht, als völlig unerwartet der Vater aufgetaucht war und nach einem Augenblick, der so kurz war, daß er fast nicht im Gedächtnis bleiben wollte, sein Wagen schon wieder in Richtung der verstopften Landstraße davonjagte. Sondern damals, als er zum ersten Mal die Detonationen von Bomben hörte, die von fremden Flugzeugen irgendwo in Bahnhofsnähe abgeworfen worden waren, und die in der Luft explodierenden Granaten der Flugabwehrkanonen.

Im Obstgarten füllte Seweryn die Kisten mit den zum Verkauf bestimmten Äpfeln; diesmal sollte er sie aber zu keinem der Stammkunden fahren (überall war Tante Weronika auf Absagen gestoßen), sondern auf die andere Flußseite zu einem bekannten Juden, der Obstgärten gepachtet hatte und selbst eine eigene kleine Anlage zur Herstellung von Obstweinen und Fruchtsäften besaß. Später lud Seweryn die Kisten auf den Wagen, spannte die Pferde an und fuhr los, und sobald der Wagen zum Tor hinausgefahren war und niemand mehr sie von den Fenstern des Hauses aus sehen konnte, kletterten Karola und er, Marek, hinten auf die Kisten.

Als sie dann auf dem Feldweg einige hundert Meter zwischen Gärten hindurchgefahren waren, eröffnete sich ihnen der Blick auf die Landstraße; diese begann etwa eineinhalb Kilometer vor der Stadtgrenze und zog sich zwischen dem engen Gürtel des Stadtparks auf der anderen Seite und dem halb ländlichen Vorort auf dieser Seite hin, genau dort, wo die Villa von Tante Weronika stand, und führte zur Hauptbrücke über den Fluß. Er kannte die Landstraße gut von früheren Aufenthalten bei

Tante Weronika, aber jene, die er von früher gekannt hatte, war eine völlig andere als die, die er jetzt sah. Sie war bis zum Grünstreifen, bis auf die Höhe der Böschung überfüllt mit Menschen, die dort zu Fuß gingen, Bündel schleppend, Leiterwagen ziehend oder Kinderwagen schiebend, die bis obenhin vollgeladen waren mit allerlei Gerätschaften und Gepäck; die Landstraße war verstopft mit Fuhrwerken, Pferdekutschen, Ein- und Mehrspännern, aber auch Personen- und Lastwagen, die sich alle gegenseitig abzudrängen versuchten. Und rechts und links davon, jenseits des Straßenrands im Gras oder im Schatten von Alleebäumen, rückte in entgegengesetzter Richtung die Armee vor; auf Fahrrädern oder Pferden, meist jedoch zu Fuß, bahnte sie sich unter Schwierigkeiten ihren Weg. Und schließlich war ihm klar, woher das heftige Dröhnen vom frühen Morgen, vielleicht sogar schon das vom Vortag, gekommen war; es gelangte bis zu den Fenstern des Hauses, über die Bäume des Gartens hinweg. Und auf einmal waren sie mittendrin, als seien sie in einen Alptraum eingetaucht, denn Seweryns Wagen war in einen dieser Ströme hineingeraten, und der trug sie mit sich in schwindelerregendem Tempo nach Süden bis zum Fluß. Und als sie im Gedränge unterzugehen schienen, gelang es Seweryns kleinen Pferden, die vor Angst schnaubten, wieherten und um sich bissen, sich über die enge Brücke zu zwängen und den Wagen auf die andere Seite zu ziehen. Es war also so, als würden sie durch eine unsichtbare Kraft aus diesem Alptraum an die Oberfläche gestoßen, in den Wachzustand, in die Stille. Nur Karola jammerte weiter vor Angst, krallte sich dabei mit ihren Fingernägeln in seinem Arm fest, versuchte zu weinen, aber es wollten und wollten keine Tränen kommen; sie war ein einziges unerträgliches Gewimmer, von dem er sich für einen Augenblick befreite, indem er sich die Finger in die Ohren steckte.

Und dann die Brücke, die Landstraße hinter der Brücke, das Geräusch von Schritten, alles verflüchtigte sich und war weg, und sie standen auf dem Hof der Mosterei, zwischen zwei Reihen einstöckiger barackenartiger Häuser aus stark geschwärzten Ziegelsteinen, irgendwelche Leute stürzten auf sie und ihren Wagen zu, denn die Fabriksirene auf der anderen Seite der Stadt heulte erneut auf, sofort stimmten noch einige andere lautere und leisere Sirenen ein, und nicht weit von dort, woher sie kamen, waren Bombendetonationen zu hören (diesmal war er sicher, daß es Bomben waren).

Ganz genau erinnern konnte er sich nur an einige wenige Augenblicke dieser Fahrt auf die andere

Seite des Flusses, den Wagen voller Äpfel. An einzelne Momente, die wie voneinander losgelöst waren, herausgerissen aus der Flut der Ereignisse, insbesondere an den Moment, als sie der Brücke entkamen, und dann danach, als die Sirenen heulten und sie zusammengekauert unter dem überdachten Eingang eines der Gebäude der Mosterei saßen, aus der ihnen ein süßsaurer Obstgeruch entgegenschlug, und ein unbekannter Jude mit einem langen grauen Bart, in einem schwarzen Gehrock und einem Käppchen auf dem Kopf Karola an der Hand hielt, ihr über den Kopf streichelte und sagte: »Shtil, shtil, kleine, wajn nisht. S'wet dir gornisht geshen.« Denn was anschließend kam, daran konnte er sich fast nicht mehr erinnern. Weder, wie sie in Windeseile die Kisten vom Wagen geholt hatten, noch an den Rückweg; nur daran, daß die Brücke nicht mehr so verstopft war wie zuvor.

Erst später, als sie von der Brücke wieder auf die Landstraße gelangten, begriff er, weshalb in beiden Richtungen der Strom von Menschen, Tieren, Motorrädern, unterschiedlichsten Sachen, den er zuvor gesehen hatte, plötzlich unterbrochen war. Weil sie sich nämlich der Stelle näherten, wo die Bombe eingeschlagen war. Und da sah er Pferdekadaver, einige von Schrapnellen aufgeschlitzt; bereits befreit von ihrem Geschirr, von Soldaten hastig auf die Seite gezogen, er sah, wie die Straße von Wagen verstopft war, um diese herum wimmelte es von Menschen, Menschen, die mit Blut verschmiert waren, die auf der Erde lagen oder herumliefen. Aber es gelang ihm nicht, all das länger zu beobachten, selbst wenn er es gewollt hätte. Denn die Sirenen begannen zum dritten Mal an diesem Tag loszuheulen; Seweryn schaffte es gerade noch, die Pferde mit der Peitsche in den erstbesten Garten an der Landstraße zu treiben, wobei sie die Hecke zertrampelten; mit einer raschen Handbewegung warf Seweryn Marek und Karola zu Boden, da schoß aus dem hohen blauen Himmel plötzlich ein Flugzeug mit einem Kreuz auf den Tragflächen hervor, setzte blitzschnell zum Sturzflug an, und als es direkt über den auf der Landstraße auseinanderstiebenden Menschen war, feuerte es mit seinen Maschinengewehren in die Menge. Dieses Bild war ihm im Gedächtnis geblieben und auch das nächste: Das war eine Minute, vielleicht auch ein paar Minuten später – als Seweryn zu ihnen beiden sagte, sie sollten vom Gras aufstehen, und er dann hastig die Pferde aus dem Gestrüpp befreite. Es war dieses zweite Bild, das sich ihm, Marek, einprägte, als er bei der Hecke stand.

Er sah den frischen Bombentrichter, den er zuvor, als sie noch auf der Landstraße waren, nicht gesehen hatte; er war rund und nicht tief, obwohl er ein großes Loch in die gepflasterte Straßendecke gerissen hatte; Wrackteile von Fuhrwerken, Leiterwagen, zerbeulte Fahrräder, daneben Reifenfetzen, Karosserieteile, aufgeplatzte Kisten und Säcke, auseinandergefallene Koffer, Küchenabfälle und Essensreste, Kochtöpfe, Bettwäsche, aufgeschlitzte Federbetten, deren Federn durch die Explosion in die Höhe geschleudert worden waren und die immer noch wie Schnee herunterfielen – all das lag sternförmig, wie eine Art Kranz, um den Bombentrichter herum. Und wie ihm schien, sah er auch, etwas weiter entfernt, wo keine Bombe gefallen war, Leichenteile von Menschen, die von dem Kugelhagel des Flugzeugs getroffen worden waren. Und ganz in der Nähe, nur einige Schritte von der Hecke entfernt, wo er selbst stand, sah er, wie ein Soldat versuchte, sich noch kriechend durchs Gras fortzubewegen, wobei er mit mechanischer Geste etwas festhielt, das aus seinem Bauch hervorquoll, sich um seine Finger wickelte, und seine vollkommen schwarzen Lippen öffneten und schlossen sich, als versuchten sie, etwas zu sagen, was ihnen aber nicht gelang; die Pupillen des Soldaten waren von grenzenlosem Erstaunen erfüllt, als sein Kopf nach hinten fiel und in dieser Stellung blieb; in diesen weit aufgerissenen Augen meinte er, Marek, ein Stück klaren Himmels mit einer langsam dahinziehenden Wolke zu sehen. Erst jetzt, durch die vor Hitze vibrierende totale Stille, die auf das Dröhnen des Flugzeugs folgte, erreichten ihn Seweryns Rufe; auf allen vieren kroch er vorsichtig, mit angehaltenem Atem von der Landstraße weg, gelangte hinter der Hecke auf die Böschung, den Soldaten verlor er dabei aus den Augen, und Seweryn schrie: »Steig auf, wir fahren!«

Später an diesem Tag und auch am nächsten, also jedesmal, wenn die Tanten oder die Großmutter ihn fragten, was mit ihm los sei oder ob etwas mit ihm passiert sei, antwortete er stets gleichförmig, nein, es sei nichts mit ihm passiert, aber er log, log wie der allergrößte Lügner der Welt, denn er hörte nicht auf, die Augen des hinter der Hecke liegenden Soldaten zu sehen, wie sie nach und nach erstarrten, diese Augen, in denen er nicht nur eine langsam vorbeiziehende Wolke gesehen hatte, sondern noch etwas anderes, was er noch nicht ganz begriff und erst viel später begreifen würde – es war seine Kindheit, die für immer entschwand. In der Nacht döste er nur, schlief unruhig, erwachte immer wieder, schrie manchmal auf, und am Tag war er halb benommen. In der übernächsten Nacht sah er im Traum noch einmal all das, was sich dort auf der Brücke am Fluß abgespielt hatte, haargenau, Szene für Szene, die Fahrt in der Menschenmenge auf der Landstraße, den Fliegeralarm in der Mosterei, den Rückweg nach der Bombardierung, den Bombentrichter und dann den Blick des tödlich verwundeten Soldaten hinter der Hecke, diesen Blick, der irgendwo ins Unendliche driftete. Am Morgen erwachte er, zutiefst davon überzeugt, daß das alles nur ein schrecklicher Traum gewesen sei, daß in Wirklichkeit nichts geschehen sei.

In diesen Tagen begann er intensiv an Mama zu denken. Nicht an seinen Vater, sondern an Mama. Denn die Tatsache, daß sein Vater sich irgendwo dort aufhielt, wo gekämpft wurde, fand er vollkommen in Ordnung, das war ganz normal, dafür brauchte er keine Bestätigung in den Büchern zu suchen, die er gelesen hatte, auch nicht in den Filmen, die er gesehen hatte, denn dafür waren die Männer ja auf der Welt, er selbst und Wiktor würden auch in den Krieg ziehen, wenn sie älter wären; was er nur nicht begreifen konnte, war, warum auch seine Mutter davon betroffen war, sie war doch eine Frau. Die Tage waren immer noch heiß, wolkenlos, die Ziele auf dem Boden waren für die deutschen Flugzeuge gut sichtbar – das behaupteten jedenfalls die Erwachsenen.

P. wurde nicht wieder bombardiert. Manchmal tauchte am Himmel ein einzelnes Flugzeug mit schwarzen Kreuzen auf den Tragflächen auf, entfernte sich aber wieder, und ganz weit weg dröhnten einige Male Artilleriegeschütze, bedrohlich, wenn auch undeutlich. Und bald darauf ergoß sich ein neuer Flüchtlingsstrom auf der Landstraße, diesmal von Osten nach Westen, vielleicht waren es auch dieselben Menschen, denn sie sahen genauso erschöpft aus, von der Sonne verbrannt, mit Staub bedeckt wie mit Schimmel, als kämen sie aus einer anderen Welt, in der es nicht Ziel war, irgendwohin zu gelangen, an einen bestimmten Ort, an dem man ausruhen, einschlafen, sogar für immer bleiben konnte, sondern unaufhörlich zu wandern, ohne Rast und Ruh, ohne die Möglichkeit, innezuhalten und einen Augenblick über sich nachzudenken. Diesmal waren sie auf der Flucht vor den Bolschewiken.

Vor dem Tor des Anwesens von Tante Weronika hielt seit vielen Tagen (so auch jetzt) ständig jemand Wache, verteilte an die Vorübergehenden Lebensmittel oder gab ihnen Kaffee, Milch und später einfach nur noch Wasser. Einige machten einen

Moment halt, wirkten aber so, als würden sie noch weiterlaufen, als könnten sie nicht still auf einer Stelle stehen, sie fluchten, schauten in die Richtung, aus der sie gekommen waren, drohten jemandem mit der Faust, brüllten alles aus sich heraus: über die Bombardierungen auf den Landstraßen, den Straßen, den Bahnhöfen, auf den Gleisen oder daneben, auf den Brücken, in den Wäldern und auf den Feldern, sie redeten über Gefechte, die sich irgendwo anders abspielten, über Flußüberquerungen unter Artilleriebeschuß, über belagerte Städte; andere nahmen schweigend das, was ihnen eine der Tanten oder Frosia gab, schlangen es so hastig hinunter, daß sie sich dabei verschluckten, dankten mit einem Kopfnicken und gingen weiter, so als hätten ihre erschöpften Füße in den zerrissenen Schuhen oder Sandalen ihren eigenen Willen, nur das eine befehlend. Einmal kamen andere Flugzeuge angeflogen, nicht mit Kreuzen auf den Tragflächen, sondern mit Sternen, und eines von ihnen warf über der Stadt Tausende von bedruckten Zetteln ab, in schlechtem Polnisch, wie es später zu Hause hieß, aber alle Flugzeuge kehrten schnell wieder um und flogen dem Flußlauf entlang nach Nordosten.

Die Nächte waren sternenklar und voller sich hoch am Himmel bewegender Lichter, die ebensogut Sternschnuppen im Weltall als auch feindliche Aufklärungsflugzeuge hätten sein können, nur daß niemand wußte, um welche Feinde es sich handelte. Kaum jemand schlief in jenen Nächten.

Eines Abends schickte Tante Weronika ihn, Marek, zusammen mit Wiktor in den Keller, um Obstwein zu holen (denn es gab nicht mehr viel anderes, was man den vorbeiziehenden Menschen hätte anbieten können), und da mußten sie durch das ihnen nun bis an die Hüfte reichende Wasser waten, um an die Regale zu gelangen, in denen die Flaschen lagerten. So begab man sich am nächsten Tag, schon in der Frühe, zu einer erneuten Inspektion in den Keller. Tante Weronika glitt beherzt von den Treppenstufen ins Wasser und kämpfte sich, energisch mit den Händen rudernd, durch alle Kellerräume; die Großmutter, Tante Barbara und Madame Lilian blieben auf dem noch trockenen Teil der Treppenstufen stehen und lupften mit zwei Fingern ihre Rocksäume, völlig grundlos, denn keine von ihnen hatte die Absicht, weiter hinunterzusteigen. Das ganze Untergeschoß der Villa stand gleichmäßig unter Wasser; es reichte fast schon an die Platte des Pingpongtisches, der im vorigen Jahr für Wiktor und seine Freunde aus der Stadt aufgestellt worden war; einige ausrangierte Stühle und

Sessel aus dem Erdgeschoß schwammen nun wie Wracks verlassener Schiffe herum, das Wasser stand auch in den Dienstbotenzimmern, die nicht mehr bewohnt waren, seitdem die Tante keine Dienstboten mehr hatte – Frosia war ja nur »Aushilfe« im Sommer; aus dem Wasser ragende Nickelknäufe und durchgeweichte Matratzen verrieten, wo die Betten standen, das Holz der Kleiderschränke war aufgequollen und wellig, die Politur war abgeblättert. In einem nicht wesentlich besseren Zustand war auch Seweryns Zimmer. Aber der Alte hauste ohnehin im Sommer über dem Pferdestall; entweder hatte er schon seit geraumer Zeit keinen Blick mehr in sein Zimmer geworfen, oder er hatte wegen des Krieges den Kopf verloren, jedenfalls war der Zustand seiner vier Wände ihm herzlich egal. Nur die Regale mit den restlichen Obstweinvorräten in einem der hinteren Kellerräume standen unerschütterlich an den Wänden; in dem grünlichen Flaschenglas spiegelte sich das Licht, das durch die Fenster hereinschien und auch das, was von der Wasseroberfläche reflektiert wurde; von dem Glas fielen bunte Strahlen auf das Wasser, die glitzerten und changierten, und der Keller glich einer unterirdischen Grotte, wie in dem Film nach einem Roman von Jules Verne, den er vor einigen Wochen noch in L. gesehen hatte.

Als die Tante an die Stelle, wo Anfang September die Quelle aufgetaucht war, mit dem Fuß klopfte, erschienen auf dem Wasser konzentrische Kreise, die sich ausweiteten, und in deren Mitte gluckerten melodisch Luftbläschen. »Na ja, es läßt sich nicht verheimlichen, das Wasser läuft«, so der einzige Kommentar der Tante, »bald werden wir wie in Venedig wohnen«, und mit einer resignierten Handbewegung ging sie zur Treppe zurück; wassertriefend stieg sie nach oben und verlor bis zum Abend kein Wort mehr über das »Quellenphänomen«.

Wenn er sich später an den Ablauf der Ereignisse erinnerte, hatte er den Eindruck, daß die veränderte Situation am nächsten Tag in Zusammenhang stand mit den Radiomeldungen, die immer dramatischere Formen annahmen; Karola weinte schon eine gute Stunde und war durch nichts zu beruhigen, obwohl das Radio bald vollkommen verstummte. Die Großmutter suchte in beiden Richtungen der Skala nach dem verstummten Sender, fand aber nur ausländische Stationen, und Karola rief schluchzend, daß sie nach Zoppot zu ihrer Mama wolle, was um so nervtötender war, als sie zuvor eher selten größere Sehnsucht nach ihrer Mutter, Tante Klaudyna, hatte vermuten lassen. Zuerst brummte Wiktor mürrisch, daß sich dort die schlimmsten Kämpfe abspielten und daß sie endlich mit dem Geplärre aufhören solle, wenn sie nicht tüchtig ein paar hinter die Ohren bekommen wolle; diese Drohung führte jedoch nur dazu, daß Karola noch lauter und noch vorwurfsvoller schrie. Und in dem Moment hörten sie die Stimme von Tante Barbara: »Wißt ihr was, Kinder …? Ich habe vergessen, euch zu sagen … Morgen fahren wir nach Venedig …«

Tante Barbara, die einen Augenblick zuvor noch auf dem Sofa neben dem verstummten Radio gesessen hatte, die Hände vorm Gesicht (und von niemandem beachtet, denn alle hatten sich um Karola geschart und versucht, sie zu beruhigen), gesellte sich plötzlich zu ihrem Kreis (ohne jemanden beiseite zu drängen, sondern indem sie sich sanft hineinschlängelte), schon saß sie auf der Sessellehne, im Sessel kauerte Karola, die sich nun an sie drückte, aber nicht aufhörte zu weinen. Nach einem Moment allgemeiner Verwirrung murmelte die Großmutter: »O Gott, die Arme ist verrückt geworden«, Tante Weronika rief hingegen: »Barbara, ich bitte dich, die Situation ist zu ernst, um Witze zu machen!«, aber Tante Barbara ließ sich gar nicht beirren, und indem sie die strafenden Blicke der Großmutter und von Tante Weronika ignorierte, begann sie zu erklären: »Wir haben doch unter der Villa Wasser. Bevor hier ein Kurhaus oder was auch immer entsteht, funktionieren wir die Räume in Kanäle um, aus dem Plunder, der da unten herumliegt, bauen wir Häuser und Paläste, und der Hafen kommt neben die Treppe. Übrigens könnten wir anschließend unsere Pension ›Venedig‹ nennen ...« – Da hörte Karola auf zu weinen. »Tout ce qui se passe dans cette maison, c'est de la folie ...«[9], sagte Madame Lilian, die den Augenblick für geeignet hielt, um mit ihrem Französisch aufzutrumpfen. Und plötzlich begannen alle von Venedig zu sprechen, alle gleichzeitig, mit großer Begeisterung und unter lautem Gelächter, sogar Wiktor ließ sich am Ende von der Idee überzeugen.

Am Morgen, gleich nachdem sie in der Küche hastig ihr Frühstück hinuntergeschlungen hatten, liefen Karola und er, Marek, in den Keller. Frosia war auch dabei. Tante Weronika, die gerade etwas von unten heraufbrachte, blieb stehen, schaute sorgenvoll, was sie vergeblich durch ein Lächeln zu verbergen suchte, und sagte: »Gut, gut, ihr könnt hier tun und lassen, was ihr wollt.« Ihre Stimme klang weder laut noch leise, weder schnell noch besonders langsam, aber fest und klar; Tante Weronika hatte sicher etwas Bestimmtes im Kopf, fand aber,

9 Was sich in diesem Haus hier abspielt, ist der helle Wahnsinn.

daß man das nicht laut zu sagen brauchte. Wieder begann ein sonniger, klarer und sehr warmer Tag, mittags würde es richtig heiß werden. Von dem Wasser ging eine angenehme Kühle aus, in der Luft lag der Geruch von Keller, ausgewaschenem Mörtel und feuchtem Holz, durch die offenen Fenster wurde der Duft von Grün und aufgeheizter Erde hereingeweht. Nach einer Weile verkündete Tante Barbara, daß der alte Seweryn gleich zur Stelle sei, um gegebenenfalls zu helfen; die Tante trug dasselbe wie am Vortag: ihr elegantes dunkles Kleid, darüber aber eine Schürze. Zuerst beratschlagte man gemeinsam, was zu tun sei; das dauerte nicht lange, wobei Tomasz aus der Nachbarschaft, der zusammen mit Zuzia gekommen war, sich wieder mit schlauen Sprüchen aufspielen mußte. Es wurden also einige Möbel aus den Dienstbotenzimmern auf den Dachboden oder in die Wirtschaftsräume verfrachtet, hingegen wurden Tische aus der Waschküche, aus dem Bügel- sowie dem Nähzimmer in den größten Kellerraum geschleppt, der sich direkt unter der Diele der Villa befand und wo bereits der Pingpongtisch aufgestellt war. Aus alldem entstand eine ziemlich große Fläche über dem Wasser, wie eine Insel; von dieser Insel aus konnte man trockenen Fußes über die kleineren Tische, die darübergelegten Bügelbretter und Bretter aus den unter Wasser stehenden unteren Regalteilen zum Fenster gelangen und einfach in den Garten hinausgehen. Er, Marek, wollte es sich nicht so einfach machen, er hatte sich gleich zu Beginn aus dem Gestell in der Waschküche den größten der drei Holzzuber ins Wasser heruntergelassen, und indem er einen langen Holzlöffel, der normalerweise für das Umrühren der Kochwäsche im Kessel benutzt wurde, als Ruder verwendete, paddelte er auf die Treppe zu, die eine Art Hafen sein sollte. Die Türen zu allen Räumen standen sperrangelweit offen, so daß ein weitläufiges Ensemble von Wandelgängen, Kanälen und dem Hafen an der Treppe entstand, wo sich, bestehend aus zwei alten Singer-Nähmaschinen mit darübergelegten Brettern die Basilica di San Marco befand, mit Blick auf die Buchten, die kleinen Plätze und Gassen in den kleineren und größeren Nebenräumen, wo die an den Wänden stehenden Schränke und Regale die Häuser und Palazzi darstellten; das Wasser wogte und plätscherte; das Licht, das vom Garten durch die Fenster hereinschien, erleuchtete die Innenräume und ließ sie grünlichgolden wirken; es brach sich an der Oberfläche, glänzte und glitzerte, flackerte an den Wänden mal feurig, mal kalt auf, und alles erinnerte an die echte Stadt »auf dem

Wasser«, an Venedig. Und da hatten sie während eines kurzen Augenblicks den Krieg vergessen.

Als nach dem Mittagessen Wiktor im Keller auftauchte, ließ auch er sich von dem Zauber dieser phantastischen Stadt mitreißen. Marek, der sich an eine der Erzählungen des Großvaters erinnerte, in der von der Dekoration der venezianischen Kanäle während des Karnevals die Rede war, schlug vor, unter der Decke kreuz und quer Seile zu spannen, an denen Lampions mit Kerzen hängen sollten, und beschloß, sofort in die Stadt, in die Papeterie von Szmul Seltzefand, zu laufen (dort hingen das ganze Jahr im Schaufenster verblaßte, fliegenverschissene Lampions), aber Wiktor bot bereitwillig an, statt seiner in die Stadt zu gehen und von den eigenen Ersparnissen das Notwendige zu kaufen, er, Marek, solle sich inzwischen mit den Vorbereitungen zum Dekorieren vor Ort befassen.

Beim Befestigen der Seile ereignete sich ein harmloser Zwischenfall. Da die Tische und insbesondere die Bretterstege, die sie verbanden, ziemlich schmal waren und zudem feucht vom hin und her schwappenden Wasser, mußte man gut aufpassen, wenn man darüberging – ohne Schwierigkeiten gelang dies Tante Barbara, die geschickt wie eine Seiltänzerin mit ausgebreiteten Armen balancierte, ebenso Karola und Zuzia, Frosia schon weniger gut, während Tomasz und der alte Seweryn sich bewegten wie zwei Bären; als er, Marek, also mit seiner Waschzubergondel fuhr und dabei größere Wellen machte, verlor Seweryn, der gerade einen Nagel in die Wand schlug, das Gleichgewicht und plumpste ins Wasser. Sofort kamen alle, um ihn zu retten, und halfen ihm, auf eine trockene Stelle zu klettern, und Karola, die sich nur einmal mit dem Fuß unten vom Boden abgestoßen hatte und sich später, zu ihrem eigenen Erstaunen, bereits ohne fremde Hilfe über Wasser halten konnte, begann zu schreien: »Ich kann schwimmen! Ich kann schwimmen!«, und da war das Gelächter groß: wegen des Mißgeschicks des alten Seweryn genauso wie wegen Karola. Aber nicht alle hatten den gleichen Sinn für Humor wie beispielsweise Tante Barbara oder gar der betroffene Seweryn selbst. Die Großmutter, die nach dem Mittagessen in den Keller kam, stand unsicher auf einem der Tische, ließ sich auf der einen Seite von Frosia stützen und auf der anderen von Karola, blickte mit todernster Miene ratlos um sich, und indem sie so tat, als sehe sie die Handzeichen von Tante Weronika nicht, die draußen vor dem Fenster stand, winkte sie gleichgültig ab und sagte resigniert: »Also macht von mir aus, was ihr wollt ...«

und ging wieder hinauf. Sie ließ sich mehrere Tage lang nicht mehr unten blicken.

Naumek, der Sohn des Papeteriebesitzers, brachte am Nachmittag die von Wiktor bestellten und bezahlten Lampions; das waren nicht diese verschossenen aus dem Schaufenster, sondern schöne, knallbunte, und jeder hatte innen eine rote oder grüne Weihnachtskerze. Naumek stand an einem der Fenster in seinem schwarzen Kaftan und seinem Samtkäppchen auf dem Kopf, schaute scheu nach unten auf das Wasser und auf die Gondelimitationen, die Wäschezuber (denn Karola wollte, nachdem sie festgestellt hatte, daß sie schwimmen kann, sofort für sich auch eine Gondel); Naumek ließ sich aber noch nicht dazu überreden, an diesem Spiel teilzunehmen.

Draußen herrschte brütende Hitze, die aber langsam etwas nachzulassen begann, die Sonne stand bereits über den Wipfeln der Pappeln am Rande des Gartens, in der Umgebung war es ruhig und friedlich, kein Artillerieecho, auch in der Ferne nicht, kein Dröhnen von Flugzeugen, nicht einmal aus höchster Höhe, das Getöse auf der Landstraße hatte ebenfalls aufgehört, und sie, die Kinder, hatten zweifellos für einige Zeit den Krieg ganz vergessen; es war ein herrlicher Tag, einer der schönsten Tage seines, Mareks, Lebens, obwohl es in jenem September war. Bis jetzt hatte noch niemand die Kerzen angezündet, durch die Fenster kam immer noch genug Licht herein, nur das Wasser wechselte seine Farbe von Grünlich zu Blau, dann zu Dunkelblau, und die braunen Streifen auf den helleren Wänden, wo der Verputz abgeblättert war und die mit Kratzern überzogen waren wie mit *scraffiti*, fein gemalten oder gezeichneten Mustern, erinnerten wirklich an die Mauern der Stadt, die im Wasser stand.

Tante Barbara thronte in einem Schaukelstuhl mitten auf dem Pingpongtisch, den alle die Piazza San Marco nannten. Über die bloßen Schultern und das Kleid hatte sie einen schwarzen Schal geworfen, auf ihrem Schoß saß eine von Tante Weronikas Katzen, der sie den Rücken streichelte und die überhaupt keine Angst vor dem Wasser hatte (womit sie sich sofort seine, Mareks, Sympathie erwarb); Tante Barbara sah sehr schön aus mit dieser getigerten Katze auf den Knien, die ihre Umgebung mit aufmerksamen gelben Augen beobachtete, und sie stimmte in das laute Lachen der anderen mit ein, gab Anweisungen, was als nächstes zu tun sei, oder unterhielt sich mit dem draußen vor dem Fenster stehenden Naumek, den sie ermunterte, auf eine der Brücken zu kommen (er würde sehen, daß er, wie von einem Zauberstab berührt, eine weite Reise in eine Stadt, die an einer sonnigen und warmen Meeresküste liegt, erleben würde); und dann begann sie, ihnen das Lied *O sole mio* … beizubringen, das zwar nicht das Lied der Gondolieri war, aber Tante Barbara fiel kein anderes ein, das besser zu dieser Situation gepaßt hätte. Karola machte daraufhin den Vorschlag, das Klavier von oben herunterzuholen (im Salon stand nämlich noch ein Blüthner-Konzertflügel, fast unbenutzt, denn in der letzten Zeit hatte selten jemand darauf gespielt), und plötzlich erwachte Naumek, der immer noch vor einem der Fenster herumstand, zum Leben und rief, daß das wirklich großartig wäre; nach einer stürmischen Diskussion wurde die Idee jedoch verworfen, denn Tante Barbara äußerte die Befürchtung, daß die durchhängenden Bretter der Brücke das Instrument nicht würden tragen können, außerdem könnte dem Flügel die Feuchtigkeit schaden. Naumek machte ein enttäuschtes Gesicht, dann verschwand er schnell, um ihnen noch am selben Abend eine Überraschung zu bereiten.

Der Abend war der schönste Moment dieses ganzen Tages. Der kleine Zeiger von Tante Barbaras goldener Uhr, die sie an einer Kette auf der Brust trug, wanderte auf dem Zifferblatt immer weiter nach oben, das Abendrot versank hinter den Bäumen, ein warmer, duftender Dunst durchzog den Garten; noch war hier und da, trotz später Stunde, das leise Klirren von Sensen zu hören, und die Dunkelheit legte sich bald über die Bäume hinten im Garten. Das Wasser im Keller wurde langsam schwarzblau, dann schwarz, die weißen Gesichter der im Schaukelstuhl auf der Pingpongplatte thronenden Tante Barbara und der Mädchen, Frosia, Zuzia und Karola, die daneben auf den Bügelgerätschaften saßen, leuchteten in dem verlöschenden Abendlicht wie kleine Laternen; die Lampions waren immer noch nicht angezündet, und es schien, als könne man – aus all den Geräuschen, den geheimnisvollen Klopfzeichen, dem Schmatzen einer plötzlichen Welle, dem Echo der Stimmen, das von dem Gewölbe zurückgeworfen und vom Wasser verschluckt wurde, auf dessen Oberfläche sich merkwürdige Streifen, Ringe und konzentrische Kreise bildeten – die Zukunft deuten. Frosia brachte ein Tablett mit Tassen aus chinesischem Porzellan und einen Teekessel, dann wurden endlich die Kerzen in den Lampions angezündet, und das ganze Kellerinnere erstrahlte in neuem Licht und schillerte in allen Regenbogenfarben; der Tee in dem feinen Porzellan war wie flüssiges altes Gold, die Hände von Tante Barbara, die sich über dem Tablett bewegten, schienen rosafarben und durchsichtig zu sein, wie zarte Seide. Der alte Seweryn verschwand für einen Augenblick, dann kam er mit Kristallgläsern zurück, öffnete eine Flasche Johannisbeerwein, und obwohl Wiktor, der den Pfadfindereid abgelegt hatte und Alkohol für die schlimmste Plage der Menschheit hielt, gegenüber dem alten Seweryn das Wort »Schnapsdrossel« in den Mund nahm, wies die Tante ihn nicht für dieses Schimpfwort zurecht, sondern dafür, daß er ein Spielverderber sei, und wieder war großes Gelächter.

Draußen leuchteten schon die Sterne am Firmament, als Naumek erneut auftauchte. Diesmal ging er beherzt über die schwankende Brücke aus Bügelbrettern auf die Piazza San Marco, in der Hand hielt er einen Geigenkasten, und alle verstummten in der Erwartung, daß sich jetzt noch etwas ereignen werde, womit niemand gerechnet hatte. Er ließ sich nicht zu dem leichten Johannisbeerwein oder einem Tee überreden, biß aber gönnerhaft zweimal in den ihm von Frosia angebotenen mit Vanillecreme gefüllten Kuchen – Großmutters Werk –, und als Tante Barbara ihm durch ein Kopfnicken ein Zeichen gab (als sei dies eine stille Abmachung zwischen ihnen gewesen), öffnete er den Geigenkasten, der innen mit Samt ausgeschlagen war, nahm den Geigenbogen heraus, rieb ihn mit bernsteinfarbenem Kolophonium ein, griff sofort nach der Geige, die die rötliche Farbe von Kirschholz hatte – das Licht der Lampions wurde in ihr wie in einem Spiegel reflektiert –, nahm sie behutsam unter das Kinn, und als er seine langen, dünnen Finger auf die Saiten legte, kamen sie zum Schwingen. Zunächst war es nur eine Reihe kurzer Töne – Pfiffen oder Vogelgezwitscher ähnlich –, hinauf und hinunter, dann aber erklang die Melodie des Liedes, das ihnen Tante Barbara ein, zwei Stunden zuvor beigebracht hatte, und alle lächelten übereinstimmend; als das Lied zu Ende war, brachte der Geigenbogen noch weitere Melodien hervor, eine nach der anderen, zunächst beschwingte, mitreißende, wie bei einer Bauernhochzeit, später leisere, ebenso angenehm fürs Ohr, aber immer trauriger, und die Gesichter der Zuhörer wurden nachdenklich, ja ernst, und sogar er, Marek, hatte den Eindruck, in Karolas und Zuzias Augen Tränen der Rührung zu sehen. Naumek spielte die ganze Zeit mit gesenkten Augenlidern, die er für einen Moment hob, schaute in die Runde, wechselte wieder einen kurzen Blick mit Tante Barbara, schüttelte seine an den Ohren herabhängenden schwarzen Schläfenlocken und stimmte dann, so als wisse er im voraus, was er spielen solle, das absolute Lieblingslied von Karola und Marek an, das der Großvater ihnen beigebracht hatte, als sie beide noch sehr klein waren. Es war das Lied »O gwiazdeczko coś błyszczała, gdym ja ujrzał świat …«.[10] Und als die letzten Töne verklungen waren (obwohl ihr Echo noch nicht ganz verhallt war in der Tiefe der Kellerflure, durch das Wasser in die entlegensten Winkel getragen und wie ein Nachtfalter wieder zurückgekehrt), saßen alle noch einen Augenblick gedankenverloren, aber lächelnd da und fingen erst dann an zu klatschen. Als schließlich auch ihr Klatschen verstummt war und Naumek aufhörte, sich zu verbeugen, war von einem der Fenster oben erneutes Klatschen zu hören, denn dort stand Tante Weronika mit geröteten Wangen, und ihre Augen glänzten wie bei einem jungen Mädchen.

Tante Weronika kam zu ihnen nach unten, sprach dem Geigenspieler ein großes Lob aus und prophezeite ihm eine große Zukunft, dann setzte sie sich auf einen Hocker, den ihr der alte Seweryn überließ, nahm das von ihm mit Johannisbeerwein gefüllte Glas, kostete vorsichtig davon und trank es halbleer. Sie betrachtete es im Licht mit Kenner-

10 O Sternchen, hast geschienen, als ich das Licht der Welt erblickt.

blick und sagte: »Erstaunlich …«, und obwohl niemand so recht wußte, was genau erstaunlich war, dachten alle dabei an Naumeks Spiel und stimmten eifrig zu; im übrigen war alles erstaunlich, die Lampions, die Lichter auf dem Wasser, die Stimmen, das Geflüster und das Lachen, die Musik, die Gebäude aus Möbeln und Gerätschaften, die längst aufgehört hatten, Möbel und Gerätschaften zu sein und in ihrer Phantasie etwas vollkommen anderes geworden waren. Erst Jahre später würde ihm klar werden, daß Tante Weronika nicht unbedingt nur Naumeks Spiel gemeint haben mußte. Denn nach einiger Zeit, als es schon etwas stiller geworden war, sagte sie: »Dieser Tag war so anstrengend … Ich bin über einem Buch eingeschlafen. Normalerweise erinnere ich mich nicht an meine Träume, aber an den erinnere ich mich. Wenn Träume wirklich das Spiegelbild unserer Seele sind, dann hatte er etwas zu bedeuten … Paracelsus sagt zum Beispiel, daß Träume das Gegenteil von dem sein können, was wir uns wünschen. Oder auch eine Warnung. Oder ein Zeichen, wie man weiter zu gehen hat. Ich war während eines Sturmes auf dem Meer, und es war keine Rettung in Sicht, da hörte ich ein Spiel wie von tausend Instrumenten, lenkte mein Boot in diese Richtung und sah plötzlich Land. Dann erwachte ich und hörte tatsächlich Geigenspiel. Versteht ihr, was das heißen soll?«

Auch wenn niemand – außer vielleicht Tante Barbara – so recht begriff, worum es Tante Weronika in ihrer Erzählung gegangen war, so nickten doch alle verständnisvoll. Aber er, Marek, der Unklarheiten nicht ausstehen konnte, meldete sich nach einer Weile zu Wort: »Tante, du hast vom Gegenteil dessen, was wir uns wünschen, gesprochen ...«, und Tante Weronika erwiderte sofort lebhaft: »Natürlich, wir wollen keinen Sturm, aber das Schicksal wirft uns mitten hinein. Bereits bei den ersten Wellenbewegungen hoffen wir auf Rettung, doch sie ist nirgends in Sicht ...«, worauf er: »Aber du hast gesagt, Tante, daß du Musik gehört hast, und die hat dein Boot ans Ufer geleitet ...«, und die Tante: »Ich hab auch gesagt, daß Paracelsus schreibt, Träume können ein Zeichen sein«, und er, nachhakend: »Na ja, aber wie kann Musik jemanden bei einem Sturm retten?« – die Frage ließ ihn nicht los, und Tante Weronika, die ihr Weinglas nun ganz ausgetrunken hatte, sagte: »Musik, mein Lieber, bedeutet in dem Fall die Phantasie. Das könnte auch die Poesie sein. Das könnten auch die Sterne sein, der stete Wechsel von Sonnenaufgang und Sonnenuntergang, der ohne unseren Willen geschieht ... Das könnte auch der ewige Zyklus von Winter und Sommer sein, das Fallen der Blätter im Herbst und das Keimen im Frühling, ganz gleich … Man muß sich nur vorstellen, daß es Dinge gibt, die dauerhaft, die unveränderlich sind, und andere, die vergänglich sind. Ganz gleich, ob Winde wehen und bedrohliche Stürme wüten. Man muß sich nur vorstellen, daß man selbst mitten in einem Sturm in diesen ewigen Dingen Halt findet. Die Phantasie kann in den allerschrecklichsten Augenblicken eine Zuflucht sein …« Und Marek, auch wenn er immer noch nicht so ganz verstand, war geneigt, dem zuzustimmen, die letzten Zweifel zerstreute schließlich Zuzia, die auf einmal sagte: »Es ist Krieg. Wir sollten eigentlich weinen. Aber statt dessen fahren wir durch Venedig«, und sie sagte dies mit ihrer eigenen, ganz natürlichen Stimme, ohne ihren Cousin Tomasz nachzuäffen, und alle atmeten plötzlich auf, ihre Schlußfolgerung war so einleuchtend. Später dachte er, Marek, daß, wenn die Mädchen aus der Hauptstadt hochnäsig seien, dann vielleicht nicht ohne Grund, und er dachte noch, daß er sich mit den Schriften dieses Doktor Paracelsus vertraut machen müsse; der Vater hatte mit Sicherheit unrecht, wenn er sagte, Tante Weronika sei verrückt, jemand, der so kluge Dinge liest, kann nicht verrückt sein, das ist sonnenklar.

Die Kerzen in den Lampions waren fast abgebrannt, der Wein ging zu Ende, die Gespräche verstummten allmählich, und es wurde langsam kühl. Aus dem dunklen Garten leuchteten die Sterne durch die Fenster herein. Ein Dufthauch vom Tau der Gräser und Blätter zog über das Wasser und vermischte sich mit dem Geruch von feuchtem Mauerwerk und feuchtem Holz. Sie alle wirkten wie nebelhafte Gespenster, die die Nacht erhellten.

Später setzte er, Marek, sich in den einen Waschzuber, Wiktor in den anderen, und obwohl man den Keller durch die Fenster hätte verlassen können, brachten sie jeden einzelnen zum Hafen an der Treppe, sogar der alte Seweryn ließ sich dazu überreden, und auch Tante Weronika wünschte es ausdrücklich. Wiktor brachte Naumek in die Stadt zurück, und als er wiederkam, sagte er, Marek, der bereits im Bett lag und den Kopf vom Kissen hochhob: »Ich glaube, ich weiß wirklich, was Tante Weronika sagen wollte …«, aber er hörte nicht mehr, wie sein Bruder ihn fragte, was er wisse, denn er war eingeschlafen und sah im Traum zwischen den Stadtmauern die schwarzen Wasser der Kanäle, die silbrig schimmerten, er sah die Piazza San Marco, den Dogenpalast, die steinernen Löwen, die Quadriga byzantinischer Pferde aus Bronze, die

Kirchtürme und die Kuppeln über den Herrschaftsgebäuden. Die Katzen von Tante Weronika hatten Flügel, kreisten über der Wasseroberfläche wie Fledermäuse, und die mit Kordeln an der Kellerdecke befestigten bunten Lampions bewegten sich im Wind sanft hin und her wie über den Kanälen hängende echte Laternen. Erst sehr, sehr viel später, wie in einem vollkommen anderen Traum oder in einer vollkommen anderen Nacht, sah er Flüchtlingsströme auf der Landstraße in Richtung Stadt ziehen, sie machten vor dem Gartentor von Tante Weronika einen Moment halt, tranken den Kaffee oder die Milch, die man ihnen reichte, wischten sich rasch den Mund ab und zogen eilig weiter, und die Landstraße, die unten im Tal zum Fluß hin abfiel, war wie leergefegt, denn keine Menschenseele, kein Pferd und auch keine anderen Tiere waren mehr zu sehen, nur noch Bombentrichter, und noch viel weiter weg, vielleicht schon jenseits der Stadt, erblickte er Naumek Seltzefand, den er einen Tag zuvor kennengelernt hatte, wie der mit baumelnden Beinen und gesenktem Kopf auf dem Rand eines dieser Bombentrichter saß.

Der jüdische Junge hielt seine Geige auf dem Schoß, und Tränen liefen ihm über das Gesicht. Er, Marek, fragte ihn nach dem Grund für diese

Tränen, versuchte, ihm in die Augen zu schauen, erhielt lange keine Antwort, berührte schließlich seine Hand, die ganz kalt war, rüttelte ihn sogar am Arm, und bat ihn: »Spiel … ›O gwiazdeczko coś błyszczała‹ …«, und fügte hinzu: »Wein nicht«, aber der Junge, der da saß, gab keine Antwort, und als er ihn dann noch kräftiger am Arm zerrte, da bewegte sich dessen Kopf kraftlos auf dem Hals hin und her, so als gehöre er überhaupt nicht zu dem Körper, sondern sei nur ganz lose darauf befestigt, und obwohl er ahnte, was nun passieren würde, aber sich nicht damit abfinden wollte, bat er inständig: »Wein nicht, spiel!«, doch der Kopf wackelte, schlackerte plötzlich hin und her, fiel dann jäh herunter und mit lautem Gepolter in den Bombentrichter, wie in einen tiefen Brunnen, wobei er gegen die Steinwände prallte; als Marek, von Entsetzen gepackt, zurückwich (obwohl er es ja vorausgeahnt, sogar gewußt hatte), war der übrige Körper des Jungen auf dem Rand des Bombentrichters auch weg, und er wachte auf und schrie dabei immer wieder seinen Namen, sah, daß er sich auf der Landstraße am Fluß befand, die Landstraße war voller Menschen, das waren nicht die Flüchtlinge, die er noch vor kurzem gesehen hatte, sondern normale Menschen aus der Stadt von Tante

Weronika, sogar einige Bekannte, die in einer langen Kolonne von irgendwelchen Fremden geführt wurden, und da er unfähig war zu schreien, denn das Grauen schnürte ihm wieder die Kehle zu – kein Laut wollte heraus –, flüsterte er nur und hörte selbst sein Flüstern kaum: »Naumek, Naumek, spiel ein letztes Mal …«, denn er erblickte ihn, Naumek, plötzlich in der Kolonne, und da hatte dieser noch seinen Kopf (also war das vorhin selbstverständlich ein Traum gewesen!), er bewegte sich ganz normal vorwärts, nur liefen ihm, wie zuvor, Tränen über die Wangen, und er hörte vielleicht sein flehendes Murmeln überhaupt nicht, denn als er, Marek, den Blick in seine Richtung lenkte, sah er, daß die Augen des jüdischen Jungen leer waren, blind, und genau in dem Moment hatte er seine Stimme wieder, denn er begann zu schreien wie am Spieß und erwachte; auf der Landstraße war bereits keine Menschenseele mehr, nur die abgrundtiefen Bombenlöcher in der Straßendecke, diese Bombentrichter waren randvoll mit Leichen, und mal schien eine glühendheiße Sonne, mal fiel Schnee, und er lief wieder schreiend die Landstraße entlang, wo am Straßenrand irgendwelche Leute eine nicht enden wollende Kolonne anderer Leute auf die Bombentrichter zutrieben, und Wiktor rüttelte ihn am Arm, und plötzlich begriff er, daß er immer noch schlief und noch träumte.

Am nächsten Tag schmerzte sein Kopf, er war spät aufgestanden, war auch spät zum Frühstück gegangen, und die unbeschwerte Stimmung vom Abend vorher hatte sich verflüchtigt. Er mußte ziemlich schlecht ausgesehen haben, denn die Großmutter sagte, er sehe aus wie »das Leiden Christi«, Tante Weronika nahm sein Handgelenk und fühlte ihm den Puls. Zur Großmutter sagte sie, daß das bestimmt nur von der Aufregung wegen dieser ganzen Geschichte im Keller sei, die sich Tante Barbara für die Kinder ausgedacht hatte, und ihn bat sie, spielen zu gehen. Was er nach einiger Zeit auch tat. Sie waren nun die uneingeschränkten Herrscher über die Kellerräume unter der Villa: er, Marek, Karola, die Gäste aus der Nachbarschaft, in gewisser Weise auch Wiktor, obwohl dieser – sehr zum Leidwesen der Tanten – oft für Stunden in der Stadt verschwand, ihnen nie sagte, was er dort machte, und sich zu einem Geheimniskrämer entwickelte. Obendrein schien er sie nicht ganz ernst zu nehmen.

Die Hausbewohner teilten sich in zwei Fraktionen. Die eine, die größere, war die »Venedig-Fraktion«. Zu ihr gehörten er, Marek, Karola, Tante Barbara, der alte Seweryn und Frosia, aber auch

Tante Weronika und Wiktor, letztere auf jeden Fall als Sympathisanten und Unterstützer. Zu der »Oben-Fraktion« (dabei handelte es sich um den oberen Teil der Villa) gehörte nur eine Person, Madame Lilian, aber Madame Lilian, die zählte nicht, im übrigen sagte Wiktor verächtlich über sie, daß sie eine Hacha[11] sei; er, Marek, wußte zwar nicht, was das war, »eine Hacha«, er dachte aber, daß es etwas sehr Lustiges sein müsse, sonst würde es nicht so klingen: ha, ha! Innerhalb des Familienverbands nahm nur die Großmutter eine neutrale Haltung ein. Sie gehörte keiner Fraktion an oder befand sich irgendwo zwischen den Fraktionen, denn sie hatte die ganzen Tage oben verbracht, und zwar nicht im Erdgeschoß, sondern wirklich im oberen Stockwerk – sie ließ sich nicht einmal dann unten blikken, wenn Doktor Zaruba kam, den sie sofort zu sich bat und stundenlang mit ihm »Pharao« spielte, wobei sie ihn immer (wie Tante Barbara zu sagen pflegte) »bis aufs letzte Hemd« auszog – im Geiste aber (wieder so ein Ausdruck von Tante Barbara)

11 Anspielung auf Emil Hácha (1872–1945) – und somit auf Madame Lilians tschechische Abstammung. Tschechoslowakischer Politiker, schloß 1939 unter Druck Hitlers einen Protektoratsvertrag ab und blieb bis 1945 formell Staatspräsident des »Protektorats Böhmen und Mähren«. Er wurde als Kollaborateur beschuldigt und starb im Gefängnis.

war die Großmutter bei ihnen allen unten, kurzum, wenn sie auch nicht ganz bei ihnen war, so war sie ihnen auf jeden Fall näher als der unsympathischen Madame Lilian, die sich als Französin ausgab, aber nur eine Hacha war.

Eines Tages verkündete Karola den Plan, Fische ins Wasser im Keller zu setzen. Denn in Venedig, das ja eine Verbindung zum Meer habe, müsse es Fische geben. Darüber war man jedoch geteilter Meinung. »Ihr« Venedig habe nur eine Verbindung mit der aus der Erde entsprungenen Quelle, und in einer Quelle gebe es verständlicherweise keine Fische, aber einem Venedig ohne Fische, dem müsse man rasch Abhilfe schaffen! Das Argument erschien allen so überzeugend, daß er, Marek, anbot, mit Nachbar Tomasz zum Fluß zu gehen und ein ganzes Netz voll zu fangen, denn er kannte gute Stellen auf dem gegenüberliegenden Ufer, mit Riedgras bewachsene Buchten, wo es von Fischen nur so wimmelte, aber Wiktor sagte, das sei nicht möglich, mitten durch den Fluß verlaufe jetzt die Grenze, so daß er, Marek, erstaunt rief: »Was für eine Grenze?!« – und Wiktor erwiderte, das sei halt eine Grenze und basta, und schon hätten sie sich gestritten, wenn nicht ein Kontrolleur der »Städtischen Betriebe« genau in dem Moment gekommen wäre.

Er, Marek, und Karola liefen nach oben; jeder, der aus der Stadt zu Tante Weronika kam, war ein Ereignis. Neugierig verfolgten sie, wie der Kontrolleur aufmerksam die Strom- und Gaszähler ablas und schließlich noch den Wasserzähler. Vor allem letzterem widmete er viel Zeit, klopfte ihn von allen Seiten ab, schaute darunter, versuchte ihn sogar auch noch von hinten anzuschauen, und schüttelte den Kopf, als er eifrig die vom Zähler abgelesenen Zahlen mit denjenigen verglich, die in dem von ihm mitgebrachten Buch eingetragen waren. Er wunderte sich, daß der Wasserverbrauch in so kurzer Zeit so erheblich gestiegen war, aber er, Marek, erklärte ihm, daß man wegen des heißen Sommers und der Trockenheit öfter und reichlicher den Garten gießen müsse, außerdem erinnerte er daran, daß die Flüchtlinge viel getrunken hätten; der Beamte ließ sich schließlich überzeugen, wenn auch zögerlich. Tante Weronika war entsetzt über die Wasserrechnung, gab dann aber zu, daß sich bestimmt wegen des Krieges die Wasserpreise erhöht hatten, im übrigen waren die Rechnungen für Strom und Gas auch recht hoch, sie fand also, das alles sei ein Skandal, und lamentierte über die schweren Zeiten, die ihnen bevorstünden. Nur die Großmutter in ihrem altmodischen Konservatismus meinte, es sei unmöglich, daß so schnell, ohne jegliche Vorankündigung, sowohl das städtische Stromwerk als auch das Gas- und Wasserwerk ihre Preise änderten, man müsse sich an eine höhere Instanz wenden, es auf jeden Fall überprüfen, was jedoch schnell in Vergessenheit geriet, da noch am selben Tag ein Bekannter von Tante Weronika einen Brief von seiner, Mareks, Mama brachte – sie hielt sich in Warschau auf, war gesund und wohlauf; der Überbringer des Briefes unterhielt sich lange mit der Großmutter und den Tanten, ihnen jedoch, den Kindern, wurde gesagt, daß Mareks Mama kommen würde, sobald die Züge wieder normal verkehrten. Nur für Karola tat es ihm leid, daß sich gerade seine Mama wiedergefunden hatte und ihre nicht, er tröstete sie aber, daß bald nicht nur die Züge wieder normal verkehren würden, sondern alles andere auch wieder zur Normalität zurückfinden werde; später erinnerte er sich mit Erstaunen, daß er tatsächlich felsenfest daran geglaubt hatte. Am Nachmittag überbrachte ein anderer Bekannter, dem es gelungen war, in der Nacht durch den Fluß zu schwimmen, einen aus L. herausgeschmuggelten Zettel vom Großvater, worin dieser mitteilte, daß er versuchen werde, legal auf die andere Seite zu gelangen. Es kehrte also nach ihrer, Mareks und Karolas,

Meinung tatsächlich alles wieder zur Normalität zurück.

Die nächsten ein, zwei Tage verbrachten sie wieder mit Spielen. Im Garten und in den Kellerräumen. Insbesondere da Tante Weronika nicht wollte, daß sie das Gelände ihres Anwesens verließen und um Himmels willen bloß nicht in die Stadt gingen – dort seien Krieg, die Deutschen, die Frontlinie, die Bolschewiken, verschiedene solcher Wörter fielen in ihrer Gegenwart häufig, aber niemand erklärte sie genauer, und als er, Marek, und Karola anfingen nachzufragen, wurde ihnen gesagt, sie sollten Ruhe geben, man wisse noch nicht, was werden würde – also hatten sie noch genug Zeit, sich Sorgen zu machen. Sie schipperten nun im Keller in ihren Waschzubern, spielten im Garten Krokket, luden Zuzia und Tomasz, die Feriengäste des Nachbarn Herrn Filipowicz, oft zu sich ein oder gingen zu ihnen hinüber, zumal Zuzia weiterhin niedlich war – auch wenn sie durch die Sonne noch mehr Sommersprossen bekommen hatte – und ihr Cousin Tomaszek aufgehört hatte, so schlau zu tun wie am Anfang, und er sich sogar als ganz nett herausstellte. Tante Barbara erzählte ihnen verschiedene Abenteuergeschichten oder spielte auf dem Klavier, denn obwohl dem Instrument im Keller die

Feuchtigkeit schaden konnte und es mit dem Transportieren wirklich nicht einfach war, hatten der alte Seweryn, Wiktor und Frosia es dennoch unter Mithilfe der Tanten nach unten getragen. Abends, nach dem Essen, fanden dort bei Lampionschein schöne Konzerte statt, und dazu kam auch Tante Weronika in den Keller, und sogar Wiktor, obwohl dieser mit seinen Gedanken immer irgendwo anders war; vielleicht immer noch beim Pfadfinderlager, das nicht geklappt hatte, vielleicht war er auch der einzige, der sich nach der Schule sehnte.

Im Morgengrauen, als alle noch schliefen, kam mit einem Pferdefuhrwerk Tante Klaudyna, Karolas Mama, zum Tor hereingefahren. Kaum hatte sie alle begrüßt und ihre Sachen ausgepackt, verkündete sie sofort, sie fahre gleich weiter nach Ungarn, dort warte ihr Verlobter, ein General, auf sie, der sich jetzt in Rumänien aufhielt, wo eine neue Regierung gebildet wurde, sie würden sich also bald treffen. Er, Marek, kapierte nichts von alledem, denn was für eine neue Regierung und warum in Rumänien, und überhaupt – was hatte Ungarn damit zu tun, und Karola hängte sich an den Arm ihrer Mama, weinte verzweifelt und wollte sie nicht wieder weglassen. Die Großmutter sagte aber entschieden, daß Tante Klaudyna erst mal frühstücken und sich ordentlich ausschlafen solle, und dann würde man über alles reden, falls es überhaupt etwas zu reden gebe; es mußte etwas in ihrer Stimme gewesen sein, das Tante Klaudyna den Mund halten ließ. Das Frühstück hätte also in aller Ruhe ablaufen können, trotz der Berichte Tante Klaudynas von der schrecklichen Fahrt über Land, von der Ostsee über Warschau bis nach P., denn Tante Klaudyna war wirklich müde, sah nicht besonders gut aus und hätte sich bestimmt auch hingelegt, doch Karola hielt es nicht aus und hatte es ganz wichtig, sie, ihre Mama, sei vielleicht an der Ostsee gewesen, aber dafür hätten sie Venedig hier bei sich, und kaum war Tante Klaudyna mit dem Frühstück fertig, als sie in den Keller ging, um nachzuschauen, und da erst war die Hölle los.

Eine solche Szene hatte bis jetzt noch keiner im Haus von Tante Weronika erlebt (wer hätte im übrigen auch im Hause von Tante Weronika eine Szene veranstalten sollen?); so schloß sich also die Großmutter oben in ihrem Zimmer mit der Ausrede ein, sie habe zu tun, Tante Weronika lief in den Obstgarten, Tante Barbara war beleidigt und sagte nichts mehr, ging demonstrativ hinunter in den Keller, setzte sich mit einem Buch in der Hand wieder in ihren Schaukelstuhl auf der Holzbrücke, die von allen Piazza San Marco genannt wurde, und einzig die rasche Bewegung des Schaukelstuhls verriet, daß sie nicht las, am meisten bekam jedoch der alte Seweryn ab, der auf einer dieser Konstruktionen stand, sich am Kopf kratzte und schwieg. Es half nichts, daß Seweryn, Marek und Karola zu erklären versuchten, daß das eine Quelle sei, daß hier in Tante Weronikas Villa später einmal ein Haus für Wasserkuren, vielleicht sogar ein Sanatorium, entstehen sollte, daß das im Moment nur so ein Spiel sei, dieses Venedig, Tante Klaudyna war unerbittlich, wollte partout nichts davon hören. Und zu allem Übel mußte auch noch Madame Lilian ungebeten aufkreuzen und mit ein paar kleineren Bemerkungen auf Französisch zusätzlich Öl ins Feuer gießen. Umgehend wurde also der alte Seweryn in die Stadt geschickt, um einen Klempner zu holen. Tante Klaudyna beruhigte sich erst, als Wiktor in den Keller kam und sie sehr freundlich, höflich, aber bestimmt daran erinnerte, daß sie sich hinlegen solle, und dann sagte er so einen dämlichen Spruch, wie ihn Erwachsene gerne von sich geben (Wiktor beherrschte das offenbar auch schon), daß nämlich Wut der Schönheit schade und dergleichen Platitüden mehr. Aber o Wunder, die Tante beruhigte sich und ging wieder hinauf.

Der Tag war jedenfalls verdorben. Zumal nach dem Mittagessen tatsächlich aus der Stadt so ein komisch aussehender Typ in abgewetzten, fettverschmierten blauen Hosen kam, auf dem Rücken eine große Ledertasche, aus der allerhand Werkzeug hervorschaute; er war groß und dünn und machte ein bekümmertes Gesicht. »Das soll ein Klempner sein?« fragte Karola ungläubig. »Scheint so …«, erwiderte er, Marek, resigniert. »Wenn er so dünn ist … Na, und einen Haufen Werkzeug hat …«, und Karola: »Ich habe gehört, daß die sich durch eine Quelle wie durch ein Rohr hindurchquetschen und so die Wasserzufuhr abstellen können.« Aber der Klempner machte sich nicht sofort an die Arbeit, sondern ging zuerst in die Küche, um mit Tante Weronika zu sprechen. Weil Tante Weronika keine Zeit hatte, kümmerte sich Seweryn um ihn. Der Klempner tat sehr wichtig, sein ernstes Gesicht lächelte kein einziges Mal, und er stellte verschiedene Fragen, die er – was immer Seweryn sagte – stets kommentierte mit: »Is' gut.« Ihm, Marek, fiel es schwer, zu erraten, was »gut« sei, vielleicht der Kirschlikör, von dem ihm der alte Seweryn ein großes Glas eingeschenkt und das er in einem Zug leergetrunken hatte. Nach einem zweiten solchen Glas stand er vom Sessel auf und ging in den Keller. Er hielt sich nicht allzu sicher auf den Beinen und zeigte kein gesteigertes Interesse, auf einer dieser schwankenden Brücken bis zur Mitte zu gehen. Als aber Marek vorschlug, ihn in seinem Waschzuber mitzunehmen, hatte er nichts dagegen. Der Waschzuber sank mächtig ein und schaukelte gefährlich, aber da fuhren sie bereits; es war also offensichtlich kein ängstlicher Mensch, seine Gelassenheit imponierte Marek, besonders als sie an den Wänden entlangfuhren, er den Hammer aus seiner Tasche holte, sich hinausbeugte, die Wände abklopfte und auf das Echo der verschiedenen Geräusche achtete. Er, Marek, achtete auch auf das Echo, konnte jedoch nichts Außergewöhliches feststellen. Der Klempner hörte aber offenbar etwas, denn er kratzte sich am Kopf, so wie das der alte Seweryn zu tun pflegte, und sein Gesicht drückte immer tiefere Besorgnis aus. So paddelten sie also an die Stelle, an der – als das Wasser noch nicht so hoch war – Luftbläschen hochgestiegen waren, die nun auch noch von Zeit zu Zeit zu beobachten waren, aber viel weniger. An der Stelle klopfte der Klempner die Wände besonders lange ab und kratzte sich auch genau so lange am Kopf. Dann sagte er: »Ich kann nichts feststellen …« – »Aber was wollen Sie denn feststellen?« fragte er, Marek, und der Klempner erwiderte, ob es sich um einen Rohrbruch handle, worauf er, Marek, entgegnete, daß sich das ganz und gar nicht feststellen lasse, handle es sich doch hier um eine Quelle, vielleicht sogar eine Mineralquelle, und weiter, daß Doktor Zaruba schon hier gewesen sei und ebenfalls das Wasser untersucht und festgestellt habe, daß es gut schmecke; und dann erzählte er, daß Tante Weronika ein Kurhaus eröffnen werde, in dem man die Methoden des Doktor Kneipp anwenden werde. »Ein Sanatorium, verstehen Sie?«, worauf der Klempner: »Ein Sanatorium, hast du gesagt?«, dabei verständnisvoll nickte und nach kurzer Überlegung hinzufügte: »Klar, wenn hier ein Sanatorium entstehen soll, dann muß hier Wasser sein. Und unbedingt Quellwasser.« »Genau. Also keine Spur von einem Rohrbruch«, sagte Marek daraufhin, und dann kratzte sich der Klempner erneut am Kopf und meinte: »Ja, sieht wohl so aus ...« und fügte sofort hinzu: »Ich bin umsonst gekommen. Und kriege wahrscheinlich keinen Heller dafür. Wenn es ein Rohrbruch gewesen wäre, dann hätte der Zähler das längst angezeigt.« Aber Marek ging darauf nicht ein und brachte ihn zurück zum Hafen bei der Treppe. Er hatte diesen Menschen liebgewonnen, drückte ihm herzlich zum Abschied die Hand, sie hätten Freunde fürs Leben werden können, aber sie begegneten sich nie wieder. Als er aufschaute, sah er, wie Madame Lilian, die sich aus dem Fenster im Erdgeschoß lehnte, den Klempner beobachtete, der schwankenden Schrittes zum Tor ging, und ihm schwante nichts Gutes. Er sollte recht behalten, denn am Abend brachte die inzwischen ausgeruhte Tante Klaudyna das Thema »Keller« erneut zur Sprache, wobei sie die Argumente von Madame Lilian ins Feld führte, und es ist unklar, wie das Ganze geendet hätte, wenn nicht Doktor Zaruba zu Besuch gekommen wäre; Tante Klaudyna mußte nun zum zweiten Mal über ihre schrecklichen Erlebnisse an der Ostsee und auf der Fahrt von dort berichten. Am nächsten Tag allerdings nahmen die Dinge eine vollkommen andere Wendung.

Kaum war das Frühstück beendet, hielt ein Militärfahrzeug vor dem Tor, und ein Offizier in einer ihm, Marek, unbekannten Uniform stieg aus, und Wiktor rannte durch den Garten und schrie, das seien die Deutschen. Er, Marek, hatte bis jetzt noch keinen Deutschen in Uniform gesehen, im übrigen wohl überhaupt noch keinen Deutschen, abgesehen von denen auf den Bildern in seinem Deutschlehrbuch für Anfänger, aber er wußte, daß die Deutschen in der Stadt waren, also ging er hinaus, um sich diesen Deutschen näher anzuschauen. Der Offizier war groß, elegant und ging kerzengerade, als sei auf dem Rücken unter seiner Uniform ein langer Stock angenäht. Tante Weronika lief ins Eßzimmer zur Großmutter und sagte, daß der Deutsche eine Unterkunft suche und ob sie, die Großmutter, weil sie doch in ihrer Jugend in Galizien gelebt und österreichische Staatsbürgerin gewesen sei, ihr helfen könne, sich mit ihm zu verständigen, aber die Großmutter stand vom Tisch auf und ging demonstrativ hinauf in den ersten Stock. Der Offizier spazierte mittlerweile im Garten umher, betrachtete erhobenen Hauptes die ersten schon gelb- und rotgefärbten Blätter an den Bäumen, blieb bei dem Beet mit den Astern stehen und schnupperte daran, als wisse er nicht, daß Astern überhaupt nicht duften, und ging in den Obstgarten. Er besah sich die Villa von außen und machte ein zufriedenes Gesicht; sie schien ihm zu gefallen. Tante Weronika, diesmal in Begleitung von Madame Lilian, die nicht nur Französisch, sondern auch fließend Deutsch sprach, trat wieder in den Garten hinaus, und er, Marek, sah, wie sie auf den Offizier zuging und versuchte, ihm etwas verständlich zu machen. Er hatte aber nicht den Eindruck, daß der Deutsche ihr zuhören wollte, denn er ließ die beiden einfach mitten auf dem Weg stehen und widmete sich wieder der Begutachtung der Villa, wobei er keine Ecke ausließ. Marek folgte ihm auf Schritt und Tritt, nach einiger Zeit sah er ihn in der Küche, wo die erschreckte Frosia sich in der Speisekammer eingeschlossen hatte, dann im Salon und noch später wieder im Garten; der Offizier spazierte allein herum, und Tante Weronika und Madame Lilian standen immer noch dort, wo er sie hatte stehen lassen. Einen Augenblick später sah er ihn, wie er durch ein Fenster in den Keller schaute, von wo Klavierspiel zu hören war – und wie er dort verschwand. Was ihn, Marek, sehr beunruhigte. In diesem Moment kam Tante Klaudyna, die an dem gemeinsamen Frühstück nicht teilgenommen hatte, aus dem ersten Stock herunter, und als er ihr erzählte, was passiert war, nahm sie ihn sogleich an der Hand.

Tante Klaudyna sah in ihrem kirschfarbenen Kleid aus feiner Wolle und den dunkelroten Lackschuhen sehr schön aus, bereits von den Strapazen der Reise erholt, außerdem durch den Aufenthalt am Meer noch leicht gebräunt. Marek betrachtete die Tante mit Vergnügen (obwohl er sie doch bis jetzt nicht allzusehr gemocht hatte) und atmete ein-, zweimal tief durch die Nase ein, denn sie duftete angenehm. Sie hielt ihn immer noch an der

Hand (was sie zuvor nie getan hatte, er dachte also, daß sie sich bestimmt fürchtete, und fühlte sich wie ein Großer) und ging mit ihm durch den Garten dorthin, wo in einem der Kellerfenster der deutsche Offizier verschwunden war.

Und sofort sah er ihn wieder. Im Keller auf einer der Brücken stand der alte Seweryn regungslos, mit weit aufgerissenen Augen da und begriff überhaupt nichts, auf der Pingponginsel, beziehungsweise auf der Piazza San Marco, saß Tante Barbara und spielte auf dem Klavier ein wildes, schwungvolles Stück, der Offizier hingegen spazierte von einer Brücke zur nächsten, bereits naß bis zur Hüfte (er mußte ausgerutscht und ins Wasser gefallen sein), fluchte und murmelte etwas in seiner Sprache; für ihn, Marek, war schwer zu unterscheiden, ob zu Tante Barbara oder zu sich selbst. Als Tante Klaudyna und er schon ganz in seiner Nähe waren, sagte er lauter: »Quelle! Mineralquelle! Venedig! Was für ein Blödsinn! Die Leute sind Irre! Alle diese Leute sind Irre!«[12] Da sah er Tante Klaudyna und ihn, Marek, wie sie am Fenster standen und hereinschauten; er war kurz verlegen, hörte aber nicht auf zu schimpfen. Tante Klaudyna jedoch, die seine, Mareks, Hand

12 Im Original auf deutsch.

noch immer festhielt, sagte: »Ich bitte Sie, hören Sie auf zu fluchen! Hier sind auch Kinder. Und verlassen Sie bitte auf dem schnellsten und kürzesten Weg mein Haus!« (Obwohl das überhaupt nicht ihr Haus war!) »So ein blödes Gerede lasse ich mir nicht gefallen. Seien Sie, bitte, so nett und gehen Sie!«[13] Der Offizier blickte sie erstaunt an, dann betrachtete er seine triefnassen Hosen und Schuhe und salutierte plötzlich ungeschickt. Die Tante stand immer noch regungslos vor dem einen Fenster, während er inzwischen aus dem anderen herausgekrochen war, sie noch einmal verwirrt anschaute, wieder salutierte und, als sei er erschrocken, aufs Tor zuging. Nach einer Weile hörten sie das Aufheulen des startenden Motors. Da ließ Tante Klaudyna Mareks Hand los und lächelte ihn an. »Ruf jetzt Karola, und dann geht ihr wieder in euer Venedig«, sagte sie, und mit Blick auf das Fenster, durch das unten das Wasser zu sehen war, fügte sie hinzu: »Die Gondel wartet. Und du wirst ihr Gondoliere sein.« Dann ging sie zu Tante Weronika und Madame Lilian, die immer noch dastanden. Sie sah wirklich wunderschön aus, wie sie sich so bewegte und der Wind leicht durch ihr Haar wehte.

13 Im Original auf deutsch.

So viele Jahre sind inzwischen vergangen. Marek hat die halbe Welt bereist. So viele Länder, so viele Städte, so viele verschiedene Landschaften. Aber er war niemals wirklich in Venedig gewesen, wenn auch oft in der Nähe. Nicht daß es ihn nicht dort hingezogen hätte oder er nicht neugierig gewesen wäre. Vielleicht hatte er im tiefsten Inneren ein wenig Angst. Nein, er wußte nicht, wovor. Er wußte hingegen, daß ihn dort eine Gondel erwartete, die nicht die geringste Ähnlichkeit mit den riesigen Waschzubern im Keller von Tante Weronika hatte. Und deshalb wollte er nicht.

1976
Juli 1999